CORRUPTOS

EDITORA Labrador

A. A. NATALE

Copyright © 2021 de A. A. Natale
Todos os direitos desta edição reservados à Editora Labrador.

Coordenação editorial
Pamela Oliveira

Preparação de texto
Marcelo Nardeli

Projeto gráfico, diagramação e capa
Felipe Rosa

Revisão
Renata Alves

Assistência editorial
Gabriela Castro

Imagem de capa
Freepik.com

Dados Internacionais de Catalogação na Publicação (CIP)
Angélica Ilacqua – CRB-8/7057

Natale, A. A.
   Corruptos / A. A. Natale. – São Paulo : Labrador, 2021.
   208 p.

ISBN 978-65-5625-090-8

1. Ficção brasileira 2. Corrupção política - Ficção I. Título

20-4245   CDD B869.3

Índice para catálogo sistemático:
1. Ficção brasileira

Editora Labrador
Diretor editorial: Daniel Pinsky
Rua Dr. José Elias, 520 – Alto da Lapa
05083-030 – São Paulo – SP
+55 (11) 3641-7446
contato@editoralabrador.com.br
www.editoralabrador.com.br
facebook.com/editoralabrador
instagram.com/editoralabrador

A reprodução de qualquer parte desta obra é ilegal e configura uma apropriação indevida dos direitos intelectuais e patrimoniais do autor.

A editora não é responsável pelo conteúdo deste livro.
Esta é uma obra de ficção. Qualquer semelhança com nomes, pessoas, fatos ou situações da vida real será mera coincidência.

Aos amigos de ontem e de hoje.

Sumário

1. Paula 7
2. Aldemar 15
3. Dona Rosa e Ricardo 20
4. Sueli 25
5. Nelson 29
6. Sérgio 34
7. Marcelo 40
8. Sueli II 44
9. Os amigos 47
10. Célia 50
11. Dona Rosa II 54
12. Paula e Ricardo 58
13. Josias 64
14. Josias II 70
15. Aldemar e Josias 75
16. Josias III 81
17. Nelson e Simone 86

18. Nelson e Ricardo...92
19. Os amigos II..100
20. Nelson, Ricardo e Paula..................................105
21. Nelson e Josias..112
22. Aldemar, Josias, Nelson e Ricardo..................119
23. Aldemar II...132
24. Marcelo e Sérgio..137
25. Nelson e Aldemar..143
26. Os amigos III...149
27. Aldemar e o ministro.......................................155
28. Nelson, Josias e Aldemar................................161
29. Marcelo e Sérgio II..168
30. Os amigos IV...174
31. Marcelo e Sérgio III...179
32. Os amigos V..184
33. O ministro...189
34. O noticiário...198
35. Os amigos VI...203

1. Paula

Quando Paula entrou no lobby do hotel, não teve quem não olhasse. Usava um vestido tubinho bege que produzia um belo contraste com sua pele bronzeada. O cabelo longo, os olhos cor de mel e as curvas perfeitas realmente chamavam a atenção. Sentou-se no primeiro sofá mais próximo da entrada. O encontro com o deputado Aldemar seria dali a quinze minutos. Ela tinha se adiantado para ter certeza de que ele não a procuraria na recepção do hotel.

Dois dias antes ela havia se apresentado na Câmara como Dora Arguelo Aguiar, jornalista da Gazeta de Guaraú, e informou que trabalhava em uma reportagem sobre os deputados mais atuantes. Ninguém se preocupou em checar a identificação ou até a existência do jornal, mas quando a secretária do deputado Aldemar entrou no gabinete do parlamentar para perguntar se ele poderia atendê-la, o deputado não teve dúvida. Aldemar era conhecido por assediar as mulheres que circulavam na Câmara e, como ele tinha reparado na entrada da garota, decidiu receber a jornalista prontamente. Nenhuma reunião seria mais importante do que falar com aquela gracinha. Além do mais, um pouco de propaganda, nem que fosse para uma cidadezinha do interior de São Paulo, cairia muito bem para um deputado do norte do país.

Paula sabia como conduzir qualquer homem. Durante a entrevista, massageou o ego do deputado, que se sentiu tão à vontade que a convidou para almoçar. Depois do almoço veio um convite para jantar no dia seguinte. Os dois se encontraram e, na saída do restaurante, Aldemar já avançava suas mãos sobre o corpo de Paula, ao mesmo tempo que ela falava de seu interesse por um emprego melhor e talvez até em se mudar para Brasília. Esta foi a deixa para que o deputado prometesse ajudá-la no que ela precisasse. Combinaram um novo encontro para o dia seguinte. Na verdade, esse encontro já estava nos planos de Paula; o único problema era enfrentar o asco que sentia pelo deputado.

* * *

Era um final de tarde seco como sempre em Brasília quando Paula viu o deputado Aldemar parar seu carro em frente ao hotel. No mesmo momento, ela enviou a mensagem que já estava digitada no seu celular: "Ricardo, o deputado chegou. Aguarde msg!". Logo em seguida, Aldemar entrou no lobby do hotel, dando de cara com a jovem.

— Boa tarde, Dora.

— Boa tarde, deputado. Bem no horário. Eu até desci um pouco antes, pois consegui terminar cedo o que tinha para fazer hoje.

— Você conseguiu fazer outras entrevistas?

— Poucos deputados são tão atenciosos quanto você. Estou até um pouco cansada, pois dois colegas seus, que não vou citar os nomes, demoraram muito para me atender e não foram nem um pouco interessantes.

— Acho que muitos dos meus colegas são chatos e enrolados. Mas, e aí? Vamos tomar um drinque?

— Ok, mas gostaria de sair do hotel. Seria melhor mudar de ares.

— Está bem. Podemos ir a um bar próximo daqui, ou ao meu apartamento.

— Vamos para o bar — concordou Paula, que já esperava uma cantada do deputado. Saíram do hotel e imediatamente o manobrista, ao reconhecer o deputado, trouxe seu carro. Aldemar deu a partida e, nem bem andaram duas quadras, atacou:

— E se fôssemos direto para o meu apartamento? Poderíamos ficar mais à vontade. Eu já tinha até pedido para a empregada deixar uns petiscos prontos.

Paula esperou uns segundos antes de responder:

— Deputado, o senhor é muito malandro, não? Talvez pudéssemos ir a um local mais neutro, o que acha?

Aldemar sempre se sentia no papel de autoridade e foi direto ao ponto:

— Ora, mais neutro só se for um motel.

Paula mostrou um sorriso maroto. O idiota era mais previsível do que ela pensava.

— Você acha que isto é um lugar neutro, Aldemar? É melhor você ir com calma!

— Não se preocupe que eu vou. Tudo na paz, mocinha.

Paula deu uma grande gargalhada.

— Bem, você é quem manda.

Aldemar virou o carro na direção sul da rodovia e a partir daquele momento a conversa ficou mais descontraída, enquanto a mão dele pousava nas pernas de Paula em alguns momentos. A jovem foi levando a situação com tranquilidade, como se estivesse se divertindo muito. Ao chegarem à entrada do motel, os dois estavam rindo bastante, como um casal que se conhecia há muito tempo.

Ao entrarem no quarto, Aldemar agarrou Paula pela cintura, apertou e beijou seu pescoço.

— Dora, você é uma beleza — disse ele, que continuava a apalpá-la.

— Calma, Aldemar, você vai ter tudo o que quer, mas vamos pedir algo para beber antes.

Paula deixou sua grande bolsa na mesa do quarto e, sem Aldemar perceber, ligou a câmera que estava ali dentro. Por meio de um pequeno orifício na bolsa, a câmera apontada diretamente para a cama começou a registrar a noite.

Paula sugeriu pedirem um Campari.

— Esta bebida não é uma que eu goste, mas em sua homenagem eu aceito — disse Aldemar.

— Bom, eu gosto de ser homenageada — disse Paula, empurrando o deputado na direção da cama. Sempre com o cuidado de ficar de costas para a bolsa sobre a mesa, começou a beijar o deputado e a desabotoar a camisa dele.

Aldemar já estava perdido. Queria agarrá-la de tudo quanto era jeito, mas Paula retrucava:

— Vamos com calma. Agora quem comanda sou eu.

Ele deixou que ela comandasse a brincadeira. Afinal, a festa seria grande.

Não demorou muito para a bebida chegar. A essa altura, Aldemar já estava só de cueca e ela de calcinha e sutiã. Paula deixou o deputado na cama, passou rapidamente pela mesa onde estava a bolsa e foi apanhar os copos. Conforme o combinado com Ricardo, ela discreta e rapidamente derramou o Flunitrazepam no copo de Aldemar e retornou com os drinques para brindarem.

Ao beber, Aldemar reclamou:

— Como este Campari é amargo!

Paula ficou de pé em frente a ele e derramou um pouco da bebida na sua barriga.

— Por que você não vem lamber isto aqui?

E lá foi Aldemar, lambendo o corpo dela como um cachorrinho.

— Bebe tudo que eu vou lhe dar mais um presente — disse Paula, levando a mão de Aldemar com o copo à boca dele.

Eles terminaram a bebida e Paula empurrou Aldemar pelos ombros para que ele se deitasse. Tirou a cueca dele e o acariciou. Aldemar sentiu como se estivesse subindo aos céus.

Paula tirou o sutiã e jogou-o na cara de Aldemar, que agarrou os seios morenos dela.

— Espere um pouco que eu vou ao banheiro — disse Paula, afastando-se da cama.

Paula demorou um pouco e voltou nua. Estava deslumbrante. Seu corpo moreno tinha as marcas de sol de um biquíni minúsculo. O deputado já estava tonto quando ela disse:

— Deite-se de costas que eu vou lhe fazer uma massagem.

O deputado virou e ela ajoelhou, sentando em cima das nádegas dele, enquanto pressionava o pescoço e as costas de Aldemar com a mão esquerda e massageava as coxas e o meio das pernas com a direita.

O parlamentar já estava perdidamente doido, mas começava a sentir o efeito do "derruba cavalo". O *timing* da dose do sedativo foi perfeito. Em um minuto, ele já estava desacordado.

Paula levantou-se, foi até a câmera e verificou a gravação. Em um primeiro momento, o deputado aparecia lambendo sua barriga. Depois nu, deitado na cama enquanto ela estava no banheiro. Ainda aparecia um close com ele verificando o próprio pau, antes de deitar com a bunda para cima para receber a massagem.

Paula retirou da bolsa uma fina corda de nylon, batom, fita adesiva e um pequeno espanador. Com a corda de nylon, ela prendeu as mãos e os pés do deputado, amarrando-os por baixo da cama. Aldemar ficou como um grande X. Paula usou a fita adesiva para tampar a boca do parlamentar e enfiou o pequeno espanador no rabo dele. Com o batom, ela desenhou círculos nas nádegas. Nas costas, escreveu "corrupto e bandido". Nada poderia ser mais ridículo do que aquilo. Pegou a câmera e fez uma última tomada do deputado naquela posição.

Paula certificou-se de que seu rosto não aparecia nas cenas. Algumas vezes ela aparecia de costas, em outras a lateral ou parte do seu corpo. Em seguida, transmitiu o filme para Ricardo. Então se vestiu e ligou para a portaria pedindo para chamarem um táxi. Quando o carro chegou, ela pegou seu documento e informou que o acompanhante sairia em breve. Já dentro do táxi, Paula telefonou para dois jornalistas e informou o nome do motel e o número do quarto onde poderiam encontrar o deputado Aldemar. Disse aos jornalistas que ele seria encontrado morto. Os repórteres eram bastante sensacionalistas e perseguiam histórias desse tipo. Eles dariam um jeito de criar alguma bagunça no motel.

Paula pediu ao taxista que a levasse para o Setor Hoteleiro Sul, onde indicou um dos pequenos hotéis e desceu num ponto escuro. Já era noite e ela havia se certificado de que ali não havia câmeras. Seguindo pela lateral do hotel, dirigiu-se a um estacionamento que ficava a uns cem metros de onde o taxista a deixara. Ela também havia verificado a ausência de câmeras nesse caminho ou no estacionamento. Entrou em um carro, retirou a peruca que usara nos últimos dias, deixando à mostra seus cabelos negros curtos, e as lentes de contato coloridas e ligou para a polícia, informando que o deputado Aldemar seria encontrado morto no motel. Fez uma nova ligação, agora para Ricardo. Quando ele atendeu, Paula falou rapidamente:

— Ricardo, até agora tudo saiu conforme o planejado. Estou indo para a casa do Nelson.

Deu partida no carro e dirigiu para a casa de Nelson, onde estivera hospedada nos últimos dias. O deputado não estava morto, mas iria morrer de vergonha quando o motel estivesse cheio de jornalistas e policiais.

Paula pensou em tudo que poderia ser rastreado. Os documentos que usara em nome de Dora eram falsos, o celular usado para mandar mensagens fora comprado de um trambiqueiro em São Paulo na região do Brás e o chip pré-pago do celular fora arranjado com o documento falso. Ricardo também tinha tomado as mesmas precauções com relação ao celular. E ambos tinham se certificado sobre possíveis câmeras que pudessem captar a face de Paula. As únicas filmagens em que poderia aparecer eram as da Câmara e a do hotel onde marcara o encontro com Aldemar. Não havia mais nada que pudesse identificá-la.

Ao chegar à entrada do condomínio onde Nelson morava, Paula telefonou uma última vez para Ricardo.

— Cheguei e tudo está ok.

Ricardo respondeu:

— Ótimo, agora vamos aguardar os acontecimentos.

Paula desligou o celular, retirou o chip e o quebrou em pequenos pedaços.

Nelson e sua esposa, Simone, iam começar a jantar quando Paula chegou. Ele perguntou se ela queria um vinho antes de comer. Paula aceitou uma taça e caiu pesadamente sobre a cadeira da mesa. Estava esgotada, mas parecia que tudo ocorrera como planejado.

* * *

A mensagem chegou para Ricardo em São Paulo no início da noite. Ele estava num bar perto de casa e ali mesmo verificou o filme. Estava perfeito. Algum tempo atrás ele havia procurado e-mails de jornalistas de Brasília e também conversara com Nelson sobre alguns deles, o que o ajudou a selecionar os que eram pouco escrupulosos e adoravam uma notícia escandalosa. Enviaria o filme para cada um deles. Mas o mais importante era o e-mail da esposa de Aldemar. Ricardo tinha levado um bom tempo para conseguir o contato dela. Em uma *lan house* na região do centro de São Paulo, perto da avenida São João, onde não havia câmeras, ele usou um documento falso para abrir uma conta anônima e enviar os e-mails. Era ainda cedo o suficiente para algumas redações saírem atrás de reportagens para o dia seguinte. Enviou também mensagens para gabinetes de deputados e alguns funcionários do Congresso. Nos e-mails, contava que Aldemar poderia ser encontrado naquele momento drogado e em um motel de Brasília. O filme feito por Paula foi mandado em anexo.

Ricardo também havia aberto uma conta falsa em um site de relacionamentos, onde começou uma amizade com uma amiga da esposa de Aldemar. Essa amiga era uma cabeça de vento e não demorou muito para que ela o colocasse como amigo da mulher do deputado. Aldemar era um machista inveterado. Já sua esposa também era durona e ficaria possessa quando recebesse o e-mail com aquele vídeo do marido, mas ficaria ainda mais raivosa se alguma notícia aparecesse nos jornais de Brasília. Aí a coisa ia pegar fogo. Ela odiaria que suas amigas da alta sociedade ficassem sabendo das traições do marido.

2. Aldemar

Aldemar era um reconhecido pilantra. Todos sabiam que ele era um grande corrupto e alguns colegas de partido tinham até medo dele, pois acreditavam que se fosse muito contrariado seria capaz de se livrar do opositor por qualquer meio. Aldemar era conhecido por sua mentalidade retrógrada. Tinha passado por vários cargos executivos e legislativos e vivia deslumbradamente numa bela mansão no litoral de São Luís. Mesmo com todo esse luxo e distância do povo, ainda conseguia ser eleito sistematicamente pelas classes mais baixas. Aldemar mantinha com muito cuidado seus currais eleitorais, e para isto bastavam pequenas obras em cidades miseráveis do interior de seu estado, às vezes somente a entrega de uma ambulância ou coisa do tipo. Esses pequenos esforços podiam ser feitos com parcas verbas parlamentares quando se aproximavam da época das eleições. Talvez o povo achasse bonito pagar pelas amantes de Aldemar. Talvez sonhassem com aquela vida. Talvez cada voto que tivesse recebido fosse a retribuição de um café e um pastel que Aldemar lhes havia oferecido. Outros votos vinham dos cargos e de outras benesses distribuídas por Aldemar. O fato é que o parlamentar já reinava no baixo clero da Câmara em Brasília por um longo tempo.

Mas tudo chega na hora certa. A polícia e os repórteres apareceram no motel. Aldemar foi libertado das cordas, conseguiu se livrar dos repórteres dizendo que tinha sido vítima de um golpe e que depois faria uma declaração oficial, e quanto a se livrar da polícia ele simplesmente usou a prerrogativa de autoridade. Acabou chegando ao seu apartamento funcional quando o dia já tinha amanhecido. Na porta do seu prédio teve que se livrar de mais alguns repórteres. Entrou dizendo apenas que não tinha nada a declarar, mas estranhou quando perguntaram sobre o que ele achava do vídeo que estava circulando na internet.

Ao entrar no apartamento, a empregada lhe disse que o presidente do partido, doutor Martins, já tinha ligado três vezes. Aldemar pegou o jornal do dia e viu a notícia de que ele havia sido encontrado amarrado em uma cama de motel. Havia também um comentário sobre o tal vídeo. Uma forte dor de cabeça afligia Aldemar.

O telefone tocou e a empregada avisou:

— É o doutor Martins novamente.

Aldemar atendeu a chamada:

— E aí, Martins, o que manda?

— Eu é que pergunto, Aldemar. Você pisou na jaca?

— É, eu acho que a coisa não foi muito bem — respondeu Aldemar.

— Veja bem, quem aprontou isto fez um serviço completo, pois a história já está em todos os corredores do Congresso. Nossos aliados já estão te chamando de "a bicha do espanador". Além disso, o teu filme está circulando por todos os lados.

— Martins, quando eu vi toda aquela bagunça no motel, desconfiei da coisa e percebi que tinha sido armada uma arapuca para mim. Eu consegui me livrar da polícia e dos repórteres, mas cheguei em casa só agora de manhã. Que filme é esse que você está falando?

— Eu já vou te mandar por e-mail esse treco.

— Ok. Eu quero ver para ter uma ideia do que está acontecendo.

— Eu creio que você vai ser bastante ridicularizado pelos seus colegas de bancada, mas não precisa se preocupar muito mais do que isto, pois o povo que vota em você vai continuar votando e vai até achar engraçado.

— Martins, eu nem quero saber do povo, eles que se ferrem. O problema é minha mulher. Eu estou preocupado com o que pode chegar no ouvido dela. Ela vai torturar a minha alma. O resto eu arrumo, mas ela vai me levar para o inferno e para a pobreza.

— Olha, Aldemar, eu acho que o problema não é o que vai chegar no ouvido dela, mas o que ela vai ver. Bem, o resto é com você. De qualquer forma, procure não aparecer no Congresso durante esta semana.

— Ok. Um bom dia.

Aldemar abriu seu laptop e olhou a grande quantidade de mensagens que tinha chegado. Foi direto para o e-mail de Martins. Assistiu ao vídeo e percebeu que sua dor de cabeça acabara de aumentar.

Quase uma hora mais tarde Aldemar recebeu o telefonema da esposa, que praguejou por um bom tempo. Ela não ia ficar quieta, e aquela era a oportunidade perfeita para se livrar do vigarista. Arranjaria um bom divórcio e os filhos apoiariam tudo o que a mãe decidisse. Aquela chamada levou um longo tempo, e só a mulher falou, reclamando de todos os podres do marido. Aldemar não teve dúvidas de que estava encalacrado, mandou a mulher se ferrar e desligou o telefone. Ele precisava pensar. Recebeu mais três outras ligações de partidários que o ajudaram a entender todo o cenário. O parlamentar avisou a empregada que não atenderia mais ninguém naquele dia e foi dormir.

Ao acordar no dia seguinte, ainda sentia uma mistura de raiva, dor de cabeça e preocupação com seu futuro político. Publicou uma mensagem em seu site falando que a filmagem que circulava na internet era uma montagem e frisou que nunca estivera no motel, tudo aquilo era intriga da oposição. Ligou para um jornalista conhecido e pediu para soltar uma notícia no jornaleco da sua cidade natal, informando que tinha sido vítima de um complô. Então, ligou para sua secretária.

— Clarice, encontre o Josias para mim. Peça para ele vir aqui no apartamento.

Uma hora depois a campainha tocou, indicando a chegada de Josias.

— Bom dia, chefe — cumprimentou Josias.

— Eu acho que não é um bom dia, Josias. Você por acaso ouviu alguma coisa sobre mim ontem ou hoje?

— Não, eu acordei e estava me arrumando em casa quando a sua secretária me ligou.

Não era uma surpresa, já que Josias não se ligava no noticiário. Era um sujeito simplório, com fama de jagunço. Nos últimos tempos, o que ele mais queria era levar a vida de forma tranquila. Aldemar havia lhe arranjado um bom emprego há mais de vinte anos, e tudo que ele tinha que fazer era obedecer. No passado, não havia limites para essa obediência. Josias viera do nada e tinha a sorte de morar bem nos dias de hoje. Agora vestia um terno e tinha dinheiro para cerveja e mulheres. O que mais ele podia querer da vida? O resto era lealdade a Aldemar, mesmo que isso significasse ter de ameaçar eventuais inimigos. A vida era simples e Josias apenas cumpria o seu serviço, nada mais.

Aldemar virou o laptop na direção de Josias e falou:
— Dá uma olhada nesse vídeo.
Josias assistiu ao vídeo inteiro.
— Doutor, ô coisa feia! Acho que foderam o senhor.
— Pois é, eu quero que você ache essa mulher e quem estiver com ela. E quero que acabe com a raça deles.
— Isto vai ser complicado, doutor. A cara dela nem aparece no filme.
— Você vai perguntar para a Clarice se ela anotou os dados dessa filha da mãe quando ela veio me entrevistar pela primeira vez. Descubra em qual jornal ela trabalha, em qual cidade mora e o que mais achar. Procure no hotel em que eu a peguei para sairmos. Em um hotel desse tipo, a portaria e o lobby são filmados, eles devem ter vídeos. Ela disse que estava hospedada lá, mas eu já tenho minhas dúvidas se ela faria algo tão ingênuo. Os documentos provavelmente eram todos falsos, mas é possível que você consiga rastrear as ligações que ela fez.
Aldemar passou o número de telefone que eles tinham usado para se comunicar.
— Olha, doutor, isto pode demorar e vai custar uma nota.
— Não tem problema. Vai gastando que eu peço para o dinheiro ser depositado na sua conta. Eu quero a cabeça dessa puta!
Josias entendeu o recado. Ele sabia que Aldemar só se contentaria ao ver as fotos daquela Dora como um presunto.
Aldemar foi descansar. Ele enfrentaria os congressistas, os repórteres, os inimigos e qualquer um que ficasse no seu caminho. Ele já tinha passado por muitos apertos e escapara de todos. A única coisa que iria para o espaço era sua família. Isto já era uma crônica de morte anunciada, pois a situação com a esposa era mais de fachada que qualquer outra coisa. O problema é que ela e os filhos iriam deixá-lo de tanga.

3. Dona Rosa e Ricardo

Pode soar estranho, mas a parceria entre Paula, Ricardo e Nelson havia começado quase vinte anos antes. A história desse grupo só poderia ter se desenrolado naturalmente como consequência do país estranho em que viviam.

Naquela época, Ricardo era estudante de engenharia e foi para a região do Brás comprar algumas ferragens para consertar o armário do seu minúsculo estúdio. Quando estava indo embora, parou em um boteco para tomar um guaraná, pois estava um calor insuportável, e acabou vendo na parede um anúncio: "Alugam-se quarto, cozinha e banheiro mobiliados. Falar com dona Rosa na rua Comendador Aprile, 478". Aquela rua era ali perto, e como ele já estava desesperado com o pouco espaço que tinha e com o valor do aluguel, pensou em ir olhar o lugar. Talvez pudesse trocar o seu estúdio por uma nova moradia.

Perguntou ao garoto do bar:

— Você conhece essa dona Rosa?

— Sim, ela é moradora antiga da região. Sempre tem um pessoal que passa por aqui para comer ou beber algo e que mora lá na casa dela. Eles falam muito bem dela. Eu também sei que ela é amiga do dono do bar.

— Você sabe como é a casa que está sendo alugada?

— Eu sei que a casa da frente é bonitinha, e parece que ela tem um conjunto de casinhas geminadas no fundo, mas eu nunca entrei lá.

— Ok. Já que estou aqui, vou dar uma passada por lá.

Ricardo caminhou por pouco tempo até chegar à rua Comendador Aprile. Foi fácil achar o número que procurava. Era uma dessas casas térreas antigas com um pé-direito alto, um beiral grande e uma grade de respiro junto a calçada indicando a existência de um porão, como muitas das casas da região. A residência tinha também uma grande janela de madeira e uma pequena sacada com uma porta de madeira maciça, como já não se faziam mais. Do lado, aparecia um enorme portão de ferro, com uma entrada de garagem grande o suficiente para entrar um caminhão.

Ricardo tocou a campainha da casa. Ele percebeu que ao lado do portão de ferro havia outras campainhas, numeradas de um a cinco.

Uma senhora de cabelos brancos apareceu na janela.

— A senhora é a dona Rosa? — perguntou Ricardo.

— Sim, o que o senhor deseja?

Ricardo sorriu ao ser chamado de senhor. Aquela mulher poderia bem ser sua avó.

— Eu vim por causa do anúncio do quarto e cozinha — disse Ricardo.

Dona Rosa olhou para Ricardo de alto a baixo. Os cabelos brancos e aquele olhar indicavam que ela era experiente o suficiente para saber que tipo de gente que ele poderia ser. Então perguntou:

— Quer dar uma olhada para ver se é o que você quer?

— Pode ser.

— Espere um momento que eu já abro o portão.

Pouco tempo depois dona Rosa apareceu no portão. Era meio gordinha, usava um avental de cozinheira e estava de chinelos.

— Entre!

O lugar era simpático. Havia um amplo corredor ao longo da casa da frente e, ao fim dele, um pequeno jardim, a partir do qual começavam as cinco casinhas geminadas. Cada uma delas tinha duas janelas grandes separadas por uma janela pequenininha, que correspondiam a quarto, cozinha e banheiro. A entrada da casa era pela cozinha. Em todo o corredor na frente das casinhas tinha um varal comprido e um canteiro com uma variedade de flores e hortaliças.

Entraram na casa número 4, que estava vazia. Aquilo era um paraíso comparado com o estúdio de Ricardo. A cozinha era grande, com uma mesa razoável e quatro cadeiras. O quarto tinha uma cama de casal e um armário. Ricardo percebeu que com um pouco de jeito ele viveria lá muito melhor do que no lugar onde estava atualmente. O problema do Brás era ser uma região decadente, não exatamente um lugar onde um estudante de classe média de uma grande universidade procuraria moradia. Por outro lado, aquele local exalava um charme todo peculiar.

Eles se sentaram à mesa da cozinha e começaram a conversar. Primeiro foi o valor do aluguel, que não era maior que o do estúdio, e depois Ricardo não teria que pagar condomínio. Havia a conta de água, mas esta era dividida entre as cinco casas.

Como houve certa empatia entre os dois, a conversa foi longe. Francesco, o marido de Dona Rosa, já havia falecido um bom tempo atrás. Ele era filho de italianos e tinha trabalhado a vida inteira em uma empresa italiana na região da Mooca. Francesco comprara a casa com aquele terreno comprido e ao longo do tempo foi construindo as casinhas. Ele e dona Rosa tinham tido um filho, que agora morava em Minas Gerais e a visitava de vez em quando.

— Meu filho nunca gostou desta cidade grande — comentou dona Rosa. — Ele tem um pequeno sítio em uma cidade na região serrana de Minas e vive com o que consegue plantar e criar. Eu vou para lá pelo menos uma vez por ano, mas depois de uma semana eu já não aguento mais tanto sossego! Aqui eu me viro bem, tenho a pensão do Francesco e os aluguéis. Só sinto que não vejo muito os meus netos. É um casal, mas meu filho está criando os meninos como bichos do mato. Ficam apavorados quando os pais os trazem aqui para a cidade.

Ricardo sentiu como se estivesse na casa de seus próprios avós.

— Dona Rosa — disse ele —, eu estou na metade do curso de engenharia, não sou de São Paulo, mas acho que não seria capaz de largar esta cidade nunca. Devo ser o oposto do seu filho.

— Rapaz, você vai estranhar os outros moradores daqui. No fundo, tem uma garota e sua filha pequena, mas não se preocupe que a menina é muito boazinha e não faz barulho. A mãe é dura com ela e a faz estudar muito. No número 1 tem um casal, e nas outras duas são dois solteiros que trabalham em fábricas da região. Você não vai encontrar universitários por aqui.

— Não tem problema. Eu converso com qualquer um, não importa quem seja.

A conversa continuou mais um pouco, e eles programaram a mudança. Com o tempo, Ricardo viria a saber que dona Rosa também tirava um dinheirinho de vez em quando servindo refeições para seus inquilinos. Ele descobriria que ela fazia uma macarronada com porpetas espetacular. Já dona Rosa descobriria que um universitário podia ser melhor pagador que um trabalhador de fábrica. E logo Ricardo conheceria a inquilina da casa 5 e sua filha Paula.

4. Sueli

Na pensão da dona Rosa, Ricardo estava muito mais bem acomodado e ainda gastava menos para se manter ali do que no lugar onde morava antes.

Não demorou muito para Ricardo conhecer a garota da casa 5 que dona Rosa tinha comentado. Mas foi estranho, porque quando ele saía, ela chegava, e quando ele chegava, ela saía. Chamava-se Sueli, mas era conhecida mesmo como Sueli Pistola.

Sueli Pistola era puta. Tinha traços indígenas, um corpo fenomenal e, segundo os frequentadores dos botecos da região, fama de ser o furacão das boates do centro. Porém, toda história tem outra versão, e tudo o que Ricardo via em Sueli era o extremo carinho e doçura com que ela tratava a pequena Paula. Dona Rosa sempre se referira a Sueli como "a garota", em um sentido quase maternal, pois mesmo que ela fosse tratada pelos demais moradores como uma mera prostituta, a dona da pensão reconhecia a força e o bom caráter de Sueli.

Com o passar dos dias, Sueli e Ricardo foram mantendo mais contato. Certa vez Sueli pediu para que Ricardo olhasse Paula enquanto ela dava uma saída. Isso não era difícil. Algumas vezes ele chegava cedo da faculdade e passava boa parte do tempo estudando. Deixava a janela e a porta da cozinha abertas, assim poderia ficar olhando Paula brincar no quintal.

Aos poucos, Ricardo e Sueli foram criando uma amizade. Já era comum os dois iniciarem um papo depois de Ricardo chegar e antes de Sueli sair. Paula ia para a escola pela manhã e durante a tarde brincava no quintal. Muitas vezes ela ficava sentada no chão da cozinha de Ricardo com algum brinquedo e ouvindo a conversa fiada entre ele e a mãe.

Um dia Sueli começou a contar sua história para o vizinho. Ela tinha nascido em uma pequena cidade do interior do Espírito Santo.

— Eu era a menina mais cobiçada da cidade — comentou Sueli. — Eu sabia disso e judiava dos rapazes que vinham atrás de mim. Mas o meu sonho era o Zé Nasser. Ele era filho do maior comerciante da região e toda a mulherada via nele um bom partido. Eu não era do nível da turma dele, mas ainda assim começamos a sair e transamos. Ele foi meu primeiro homem e saímos muitas e muitas vezes. Quando fiquei grávida, os problemas começaram. O pai do Zé pediu para ele oferecer uma grana para mim. Era para fazer um aborto. A minha mãe não queria, pois tinha receio das complicações. Meu pai era um sitiante muito bronco e em um primeiro momento quis me colocar para fora de casa. Vivia envergonhado. Aos fins de semana, ele ia tomar cerveja com os amigos no centro da cidade. Desistiu de ir. Nunca me perguntaram o que eu queria. E se tivessem me perguntado, eu não saberia o que responder.

"Os dias foram passando com discussões atrás de discussões. Meus pais brigando entre eles. Zé Nasser sumiu. Se eu quisesse abortar, eles pagariam. Se eu não quisesse, o problema passaria a ser só meu. No fim das contas, meu pai me mandou viajar para ficar com uma prima distante que morava em São Paulo. Então eu vim para cá. Meu pai passou a me mandar algum dinheiro, o suficiente para comer e comprar alguma coisinha. Minha prima me levou ao posto de saúde da periferia onde morávamos, e lá fui me cuidando até Paula nascer. Olha, essa foi a melhor coisa da minha vida. Paula herdou tudo de bom que o Zé e eu temos, ela é uma gracinha e a minha alegria.

"O fato é que o tempo foi passando, o dinheiro não dava e alguma coisa tinha que ser feita. Conheci uma garota que me falou que eu poderia ganhar muita grana. Daí para a putaria foi um passo. No início a coisa foi complicada, tinha que entrar num esquema de uma boate fuleira; também tinha um clima de drogas na parada, mas por sorte consegui escapar disso e passei a trabalhar num lugar de bom nível. Escapei das drogas e dos agenciadores. Tive a sorte também de achar este lugar aqui da dona Rosa. Ricardo, essa mulher entendeu os problemas que eu tinha mais que minha própria família. Ela me ajudou muito. Eu esperava que alguém com a idade dela fosse preconceituosa. Mas não. Dona Rosa é uma mulher com uma vivência enorme, ela sempre me ajudou e me entendeu."

Ricardo concordou.

— No dia em que a conheci — disse ele —, eu percebi que ela era diferente. Uma pessoa que já viveu muito e entende o mundo melhor que muita gente. Esta foi uma das coisas que também me atraíram para morar aqui.

Aquela conversa delicada e íntima continuou e foi a primeira de muitas. Sueli era uma pessoa muito particular. Podia ser doce e inocente como uma criança, mas escondia um furacão no íntimo, podendo ser dura e extremamente realista. Ela era a Sueli Pistola, que saía no fim do dia com roupas extravagantes e andava gingando as cadeiras e derrubando todos os homens da rua Comendador Aprile. Mas ela também era apenas a Sueli, que usava uma roupa toda esgarçada e passava horas brincando com Paula ajoelhada no quintal.

5. Nelson

Ricardo se encontrou com Nelson alguns dias depois de ter se mudado para a pensão de dona Rosa. Nelson estudava direito e também viera do interior para estudar no Largo São Francisco. Tinham combinado de se encontrar no bar perto da Faculdade de Medicina da Santa Casa, que era exatamente o local onde tinham se conhecido. Ricardo chegou cedo e logo pegou uma mesa. Se chegasse um pouco depois, já não teria onde se sentar. O movimento foi aumentando e, depois de uns vinte minutos, Nelson chegou.

— Oi, Nelson, como vai?

— Tudo tranquilo, Ricardo. Estou com vontade de beber todas hoje. Esta semana foi muito cheia de coisas.

Nelson vestia um jeans e uma camiseta. Apesar da sua aparência comum, tinha uma mente incrível. Nelson sabia falar diversos idiomas e era tido como um dos melhores estudantes da faculdade de direito. Ele conversava sobre qualquer coisa e tinha uma personalidade forte e honesta. Além de tudo, era um bom bebedor e ouvinte de bebedores.

Pediram uma cerveja e uma porção de mandioca frita. Ricardo começou a contar sobre sua nova casa:

— Olha, o lugar é fora da região nobre da cidade, mas todo o resto compensa, principalmente o astral da casa. Parece que está no interior, mas se você sai, encontra condução para tudo quanto é lado e o valor do aluguel é menor do que eu pagava antes no meu estúdio, e certamente menor do que você deve estar pagando para morar na sua república.

— Ricardo, talvez eu possa te fazer uma visita e ver se vale a pena ir morar lá. Na minha república está complicado, eu não tenho muito sossego para estudar. E tem também o Geraldinho, que todo dia manda ver um baseado e fica meio zureta. Sabe, eu não tenho nada contra. O problema é que ele vai cozinhar quando está doidão e deixa uma zona no fogão, comida esparramada por todo lado. Além disso, ele nem sabe qual comida é de quem, sai pegando tudo o que tem na geladeira. Não importa quem comprou o quê. Isso está gerando um estresse no pessoal, mas como, no fundo, ele é muito boa-praça, ninguém está querendo colocar ele para fora. Talvez o melhor mesmo seja eu sair.

— Ok, Nelson. Podemos combinar de você passar lá em casa nesse sábado. Agora deixa eu te contar o que aconteceu lá na faculdade nesta semana. Você sabe que o clima de revolta já vem esquentando há algum tempo, não sabe? Nós tivemos uma reunião no centro acadêmico e estava todo mundo exaltado. Todos indignados com o novo governo. Depois de termos a primeira eleição direta para presidente após a ditadura, a maioria esperava que tivéssemos um governo melhor. Mas aparentemente nada mudou. Alguns estavam tão eufóricos, que sugeriram, além de saírem de cara pintada, que saíssem armados. Eu vou dizer que essa coisa de armas me deu medo. Eu quero um país melhor, mas acho que ainda não estou disposto a morrer por ele, nem concordo com reações típicas da época da ditadura.

— Ricardo, o clima não está diferente lá no Largo São Francisco, e eu também sinto uma sensação estranha em todas as conversas. Muitas vezes me parece tudo surreal. O tempo passa, mas a situação do país não muda. Ontem eu me lembrei de uma história que meu pai me contou e que ocorreu anos atrás, quando ele veio com minha avó para São Paulo. Estavam no centro da cidade e de repente começou uma correria. As pessoas falavam que a cavalaria havia dispersado uma manifestação na Praça da Sé. Eles entraram num bar para pensar no que fazer e logo depois chegou um camarada esbaforido, falando da correria e que os estudantes tinham jogado bolinhas de gude na rua para os cavalos da polícia escorregarem. O surreal é que eu fiquei imaginando aquele monte de bolinhas, os cavalos escorregando, as pessoas correndo e me perdi nos meus pensamentos. Meu pai contou que muita gente estava apanhando e que tinham de fugir do centro, mas também disse para minha avó que eles tinham de apoiar os estudantes que estavam sendo massacrados. Minha avó o fez voltar ao mundo real. Ela escutou alguém falando que o melhor era ir até o Vale do Anhangabaú, pois lá os ônibus estavam circulando sem problemas, e foram embora. Se você me perguntar o que isto tem a ver com essa sua conversa de sair com armas, eu diria que não tem nada a ver. As bolinhas, o fugir ou o apoiar são reações que não têm lógica. Dependem de momentos. Dependem de instintos, sentimentos guardados no fundo do cérebro, que fazem você se divertir com a ideia de ver os cavalos deslizando nas bolinhas de gude, ou pegar uma arma que lhe jogam na mão e passe a atirar. É tudo um desdobramento do acaso, algo que passa na sua cabeça por um instante. Pode ser algo que simplesmente surge do fundo do seu cérebro, como se ele estivesse gritando: "Chega!".

Nelson terminou de falar e olhou para os copos, então virou o que sobrava na garrafa de cerveja.

— Eu guardo na memória muitas das histórias que meu pai me contava sobre a época da ditadura — disse Nelson. — Lembro claramente de uma frase dele: "Vivíamos uma época estranha, em que realmente não estava claro se o melhor era partir para a luta armada ou rir dos cavalos escorregando nas bolinhas de gude. Tudo o que queríamos era um país melhor, com mais igualdade para todos, só que o caminho para esse objetivo estava obscuro, então sonhávamos com o dia em que poderíamos eleger um governo democrático". Veja que agora tivemos uma eleição democrática, e deu no que deu! — E neste meio tempo acenou para o cara atrás do balcão pedindo mais uma garrafa de cerveja.

Ricardo percebeu que Nelson estava ficando bêbado. E Nelson continuou a falar:

— Na semana passada eu tomei um ônibus no centro em torno da uma hora da tarde. Logo depois do Viaduto do Chá o ônibus parou e subiu um camarada segurando uma enorme máquina de escrever. O ônibus, para variar, estava cheio, principalmente de estudantes que tinham acabado de sair das aulas do período da manhã. O camarada da máquina bufava. Ele mal aguentava se equilibrar e carregar aquele peso. Não estava nada fácil, considerando o quanto o ônibus sacudia. O homem olhava bravo para a turma de estudantes, muitos deles sentados, rindo e falando besteiras. O camarada logo ficou nervoso e berrou: "Será que estes moleques não dão lugar para alguém mais velho?". Então um garoto lá do canto berrou: "Por que você não faz como a gente e carrega uma caneta?". Todos caíram na gargalhada. O homem caminhou em direção à porta e desceu no ponto seguinte. Será que era ali que ele ia descer? E se tivessem oferecido um assento para ele? Foi uma grande maldade terem rido da situação? Havia um milhão de possíveis "se", mas espanta o fato de tudo ter sido simplesmente uma obra do acaso. O ônibus cheio de estudantes, o camarada com aquela máquina de escrever grande e pesada, alguém fazendo piada da situação...

— Olha, ditadura e corrupção não são obras do acaso — disse Ricardo. — São obras de sacanas malditos. Porém dá para concordar que as reações para derrubar esses malditos podem depender muito do acaso.

— Você tem razão, creio que o término de governos autoritários ou corruptos pode ser abreviado ou não por eventos inesperados. De qualquer forma, brindemos ao acaso e vamos torcer para que nosso futuro não dependa tanto dele!

Quando não estava bêbado Nelson pensava em cada detalhe, analisava cada momento e cada possibilidade. Um tempo depois vagou uma das casas da dona Rosa. Ricardo já tinha falado com a proprietária sobre um possível inquilino, e Nelson mudou-se para lá. Ele seria uma espécie de juiz e o pêndulo das decisões dos amigos da rua Comendador Aprile.

6. Sérgio

Sérgio foi o terceiro do grupo a se mudar para a pensão de dona Rosa. Ele fazia engenharia com Ricardo, e para ele a mudança também foi vantajosa. Mais espaço, mais liberdade e mais economia.

Dona Rosa estava gostando de alugar as casinhas para os estudantes. Eram bons pagadores e acabavam sendo filhos postiços para ela. Dona Rosa era uma senhora muito fora de seu tempo, pois na sua simplicidade era capaz de entender todos: Ricardo, Nelson, Sueli Pistola e agora Sérgio.

Entender Sérgio não era difícil. Ele era o socialista do grupo. Estava ansioso para pegar em armas e lutar contra a corrupção, o autoritarismo e as grandes diferenças sociais, mas certamente não era louco de enfrentar tudo isto sozinho. No fundo queria ter uma vida longa e comum. Ele havia lido quase tudo sobre comunismo, socialismo, anarquismo e todos os outros "ismos". Conhecia em detalhes o manifesto do partido comunista. Havia lido todos os contos sociais de Jack London. Concordava com a ideia de Reich de que o verdadeiro socialismo só surgiria quando ocorresse uma revolução sexual. Portanto, bastava seguir as regras do socialismo sociável e honesto para se dar bem com Sérgio. Também era importante saber desligar o ouvido quando Sérgio começava a falar sobre como seria o governo perfeito: ele se empolgava e não parava mais.

É claro que às vezes ele extrapolava. Logo depois que Sérgio se mudou para a rua Comendador Aprile, ele teve uma grande discussão com Sueli Pistola. Estavam todos reunidos na casa de Ricardo numa tarde de domingo.

— Porra, Sueli! — disse Sérgio, eufórico. — Esse negócio de você estar dando por dinheiro não tem sentido.

— Sérgio, eu dou para quem eu quero. Você não tem nada a ver com isso, e eu ainda acho que consigo mais grana do que você fazendo qualquer coisa.

— É, está certo, mas você sobrevive disso porque nós estamos num país subdesenvolvido, onde não existe liberdade sexual, onde as pessoas são reprimidas e onde o dinheiro compra a vida das pessoas que deveriam estar sendo amparadas pelo Estado.

— Eu não sei aonde você quer chegar, mas na situação atual esta é a forma que eu tenho para sobreviver e não vejo outra saída.

— Tudo bem, eu concordo. Mas você está sendo explorada pela elite deste país. Essa mesma elite que não dá oportunidade para o povo ter melhores condições de vida.

— Vai com calma — Nelson interveio —, senão nós vamos com esta conversa até amanhã. Além de você deixar todo mundo com o saco cheio, Sérgio.

Ricardo trouxe mais duas garrafas de cerveja e o papo mudou de tom. Variações dessa conversa aconteceram pelo menos outras três vezes. Na última delas Sueli deu um beijo de desentupir pia no Sérgio, enquanto sua mão entrava por dentro da calça e segurava o pau dele.

— Tem outras maneiras de resolver esta discussão — provocou ela.

Depois desse dia, Nelson e Ricardo nunca mais ouviram aquela conversa novamente quando Sueli estava por perto.

O mais interessante é que mesmo nessas tardes, em geral de domingo, a pequena Paula estava sempre presente. Brincava com todos. Ouvia tudo e às vezes participava da conversa. Ela era esperta e parecia entender muito mais do que os adultos julgavam possível.

Paula brincava todas as tardes no quintal e sempre tinha algum dos rapazes por lá estudando. As portas ficavam abertas e a criança ia bater papo ou pedir ajuda com a lição de casa enquanto Sueli dormia. A garota encontrou em Sérgio um grande professor. Aprendeu filosofia, matemática, discutia sobre política e tudo mais. Era tanta informação que um dia Nelson pediu para Sérgio ir devagar, pois ele poderia transformá-la numa revolucionária.

Sérgio estava sempre pronto para ir a uma passeata e gritar contra a corrupção e a burguesia. Certa vez, o socialista delirante quase fez com que ele, Nelson e Ricardo fossem presos. Quando entraram em férias da faculdade, os três resolveram fazer uma viagem para a Bahia. Saíram de mochila nas costas e tomaram um ônibus para o Rio de Janeiro. Logo que chegaram, deram um pulo em Copacabana, carregando mochila e tudo. Nelson não conhecia o Rio e ficou maravilhado. Mas eles não tinham muito dinheiro e no fim de contas aquilo era uma cidade grande. Sérgio queria ir para um lugar onde a natureza estivesse explodindo, e não ficar naquele mar de prédios. Foram pela região do porto para ver se conseguiam uma carona até Cabo Frio, mas como não conseguiram nada, voltaram para a rodoviária, onde pegaram um ônibus até a Região dos Lagos.

Em Cabo Frio conseguiram se alojar numa casa de pescador. Pagaram um pequeno valor para o camarada e ainda conseguiram comprar peixe barato. Numa churrasqueira improvisada de tijolos que o pescador arrumou, os amigos faziam os peixes de almoço. Foram três dias bons, com muito sol e praia. Mas o destino era a Bahia. No quarto dia, num posto de gasolina da cidade, conseguiram uma carona de caminhão até Vila Velha, no Espírito Santo.

O caminhoneiro transportava material de construção e os deixou bem em frente de umas casas luxuosas à beira da praia. Sérgio tinha esvaziado uma garrafa de conhaque durante a viagem enquanto falava sobre a pobreza vista pela BR-101. Quando desceram do caminhão, começaram a andar pela orla da praia. Logo Sérgio viu uma das casas enormes, com a frente toda envidraçada, e se pôs a berrar:

— Burgueses filhos da puta! Vocês vivem nessa mansão enquanto o povo está nos casebres de beira de estrada!

Sérgio pegou uma pedra e atirou na direção da casa. A sorte é que estavam longe e a pedra não atingiu a vidraça. Sérgio jogou a mochila no chão e pegou outra pedra. Nelson agarrou o braço dele. Então, Ricardo jogou sua mochila de lado, agarrou Sérgio pela cintura e começaram a brigar. Bem neste momento passava uma viatura da polícia. Os guardas pararam o carro, desceram e começaram a apartar o grupo. Nelson e Ricardo já estavam acalmando Sérgio quando um dos guardas empunhou o cassetete. Então Sérgio berrou:

— Repressores, milicos corruptos!

O guarda derrubou Sérgio e o deixou imobilizado. Sérgio gritou:

— Seu filho da puta.

Desesperado, Nelson falou:

— Seu guarda, desculpe o comportamento do cara, ele bebeu e está fora de si.

— O que vocês estão fazendo por aqui? Por que a briga?

Ricardo interveio:

— Nós estávamos tentando fazer este cara se acalmar. Ele realmente perdeu o juízo.

Sérgio, mesmo agachado, tentou falar novamente, mas Nelson colocou rapidamente a mão na boca dele.

O guarda que imobilizava Sérgio se virou para o companheiro e disse:

— Vamos levar estes moleques para a delegacia.

Nelson tentou argumentar que eles não estavam fazendo nada demais, mas ainda assim os guardas colocaram os três na viatura e partiram.

Na delegacia, eles passaram pelo menos quatro horas sentados numa sala esperando pelo delegado. A bebedeira de Sérgio já tinha passado. Em dado momento chegou o delegado e perguntou para o escrivão o que tinha acontecido, olhando para o banco em que os rapazes estavam sentados. O escrivão contou o ocorrido, e o delegado se aproximou deles e perguntou:

— E aí, garotada? Já esquentaram bem o banco?

— Acho que eles já estão bem cansados — comentou o escrivão, sorrindo.

— Ok — disse o delegado. Ele se virou e, olhando para Sérgio, complementou: — Primeiro, seu bostinha, você trate de respeitar a autoridade. Segundo, vocês têm sorte que estamos de bom humor hoje e não vamos deixar vocês dormirem na jaula. Terceiro, a gente não gosta de estudantezinho vagabundo por aqui. Portanto — apontou para a porta de saída —, vocês vão dar o fora e sumir da cidade.

Os três pegaram as mochilas e saíram correndo. Já longe da delegacia, Nelson deu um tapa na nuca de Sérgio.

— Vê se não apronta outra dessa, senão a gente se manda e deixa você se ferrar sozinho.

O resto da viagem foi tranquilo. Continuaram o trajeto com alguns ônibus que circulavam entre as pequenas cidades. Conseguiram pegar uma ou outra carona. Passaram uns dias no sul da Bahia e os últimos da viagem num hotel espelunca em Salvador. Saíram com algumas baianas muito sapecas e Sérgio voltou para São Paulo com gonorreia.

— Mas tudo bem — disse ele. — Pelo menos foi com uma baiana socialista!

7. Marcelo

Marcelo foi o último estudante a destronar os antigos inquilinos de dona Rosa, e acabaram por transformar a pensão numa república de quatro estudantes e uma puta. Sérgio tinha argumentado que eles estavam agindo como a elite, expulsando os proletários do seu canto, mas ele gostava do lugar e aquele era um sentimento que ele deixava escondido.

Marcelo era estudante de matemática. Conhecia Ricardo das festas regadas a cachaça que eram feitas na universidade. Quando veio para a pensão, Marcelo logo se entrosou com dona Rosa, que ganhou mais um filho postiço. Ele alternava momentos de seriedade com outros de total descontração, e dona Rosa simpatizou com ele.

— Ele lembra o velho Francesco — falava dona Rosa. — O Francesco falava que os italianos respeitavam os três Ms: *mamma*, *macchina* e *moglie*, ou seja, mãe, carros e esposa, nesta ordem.

Já Marcelo também se dedicava aos três Ms: mulheres, matemática e a mãe, porém dona Rosa dizia que ele os seguia numa ordem às vezes um tanto confusa.

Marcelo, entre os rapazes do grupo, era o que mais estudava. Ele tinha aulas de manhã e passava a tarde e a noite estudando. Ele também ajudava Paula com as lições de matemática, e isso fez com que a menina só tirasse dez na disciplina todos os anos em que Marcelo morou na rua Comendador Aprile. Na sexta-feira, depois de mandar notícias para a mãe, que morava no interior paulista, ele decretava folga e se preparava para um fim de semana de diversão.

As mulheres apareciam na vida de Marcelo como uma distração depois de horas e horas de estudo. Ele sempre levava sorrateiramente alguma garota diferente para sua casinha nos fins de semana, e não perdoava nenhuma, feia, bonita, magra ou gorda. Atacava o que fosse. Dona Rosa não se preocupava que os rapazes levassem alguma mulher para lá, mas ela já tinha falado várias vezes que não queria que aquilo virasse uma zona. Na segunda-feira, ele voltava a ser o estudante ferrenho.

Às vezes, Marcelo vinha com algum programa para o fim de semana. Ele convidava os amigos, apesar de não ser bem um convite, mas uma intimação. Todos iam porque acabava sempre sendo uma grande diversão.

Certa vez Marcelo veio com o seu convite/intimação:

— Pessoal, não marquem nada para o próximo sábado. Vamos à festa de San Gennaro, aqui perto, na Mooca.

No sábado, às sete da noite, os rapazes se encontraram na porta da pensão. Marcelo carregava uma pequena mochila nas costas.

— O que você está levando aí? — perguntou Sérgio.

— Duas garrafas de vodca e uma de conhaque.

Nelson deu risada e disse que aquilo era bebida demais.

— Demais nada! Isto nem vai dar para o começo da noite, mas a gente compra algo depois — rebateu Marcelo.

Os quatro saíram e depois de uma longa caminhada chegaram à rua da festa. No caminho já tinham tomado um pouco da vodca, e não precisou mais do que dez minutos para Marcelo falar:

— Já vi quatro meninas numa barraca ali adiante. Elas estão na nossa faixa. Vamos em frente.

Sérgio concordou e Ricardo perguntou se ele tinha olhado direito para saber se as meninas eram legais.

— Olha, são mulheres, têm xoxota no meio das pernas — respondeu Marcelo.

Os quatro foram em frente. A conversa rolou solta. A segunda garrafa de vodca estava acabando e logo passaram para o conhaque. Para não ficarem de estômago vazio, comeram algumas das gulodices italianas da festa — pedaços de pizza, macarrão, bolinhos. Completaram com o fim do conhaque e ainda compraram algumas cervejas, para tomar algo gelado, pois o corpo de todos já estava pegando fogo, inclusive o das meninas. Aliás, duas eram bem bonitinhas, e houve certa disputa para ver quem ficaria com quem.

Perto da meia-noite os quatro casais já estavam bêbados. Na rua da festa encontraram uma loja com um pequeno recuo a partir da calçada. Sentaram-se num pequeno muro que separava uma loja da outra e começaram a se agarrar.

Marcelo, já com a voz pastosa, ordenou:

— Vamos todos para casa.

As meninas também estavam grogues e nem falaram nada. Os oito começaram a caminhada para a rua Comendador Aprile, no bairro vizinho. Ao chegarem, Nelson, que era o mais sóbrio, sugeriu que se dividissem e ficassem dois casais na casa 2 e os outros dois na casa 3. Assim não estariam perto da casa da dona Rosa, nem atrapalhariam o sono de Paula na casa dos fundos.

Marcelo e Ricardo ficaram na casa 3. Enquanto um casal foi para o quarto, o outro permaneceu na cozinha. A brincadeira foi seguindo até que a jovem que estava com Marcelo começou a gritar. Ricardo saiu correndo do quarto, nu, para ver o que tinha acontecido. A garota que estava com Marcelo brigava com ele porque ele queria pegá-la por trás e ela não queria saber daquilo. Para não criar uma bagunça maior ainda, Ricardo começou a conversar com a garota, que se sentou nua no colo dele. A jovem que tinha saído com Ricardo da festa foi para a cozinha e começou a conversar com Marcelo. Papo vem, papo vai, houve troca de casais e tudo acabou na paz.

De madrugada os casais voltaram para suas respectivas casas. Mais tarde, no domingo, todos tomaram café na casa de Ricardo e as meninas foram embora. Os rapazes passaram a tarde dormindo para curar a ressaca. Na segunda-feira, Marcelo estava de volta com a matemática. Se alguém perguntasse para ele o que havia ocorrido no fim de semana, ele nem se lembraria. Não era por falta de memória, mas porque ele só falaria sobre matemática.

8. Sueli II

Os dias se passaram. As discussões sobre política continuavam. Sérgio passara a ser um feroz militante do partido que prometia entregar o poder ao povo. Os outros rapazes estavam indignados com o governo, que, apesar de eleito democraticamente, não reduzia as diferenças sociais do país, mas eles continuaram com os estudos, se preparando para a vida futura.

Paula recebia aulas dos vizinhos sobre todos os assuntos. A menina estava crescendo e tinha ganhado quatro pais, mas era com Ricardo que ela se entendia a maior parte das vezes, com uma afeição recíproca.

Ricardo passou a ser uma espécie de confidente de Paula, escutava sobre os namorados dela e foi o primeiro a saber quando Paula perdeu a virgindade. Não que Sueli fosse uma mãe ausente, mas os horários em que elas viviam eram diferentes e Ricardo tinha bastante sensibilidade para discutir com a menina.

Sueli percebia o papel de pai postiço exercido por Ricardo. Aquilo até lhe dava alguma tranquilidade, e ela retribuía encontrando-se com ele quando Paula saía para a aula ou para a casa de alguma colega. Os dois se apoiavam na vida dura que levavam e se enriqueciam com a experiência de vida de ambos. Sem falar que isso tudo era observado de longe por dona Rosa, que de vez em quando dava seus palpites, além de convidar um ou outro para um petisco na casa dela.

Numa tarde de quinta-feira, Sueli percebeu que Ricardo tinha chegado cedo e foi até a casa dele.

— Oi, Ricardo. Você tem um tempo para conversar?

— Claro, senta aí que eu vou fazer um café.

— É o seguinte, faz muito tempo que eu tenho um caso com um velho fazendeiro de Goiás. Ele me trata e me paga muito bem. Ele acabou de pedir para eu ir morar com ele. Eu tinha dúvidas sobre isso, mas comecei a considerar esta possibilidade.

Ricardo se virou enquanto a água esquentava e perguntou:

— Você acha que vai ser legal?

— Tem uma pegadinha nisso — respondeu Sueli. — Ele já viveu com uma mulher que tinha duas filhas. A coisa não deu certo. E como ele já tem alguma idade, ele não quer mais conviver com crianças.

— É, mas você tem a Paula!

— Eu sei, este é o grande porém da coisa. Por outro lado, esta seria a salvação da minha vida. E não só da minha, pois isso também pode garantir um futuro melhor para a Paula. Mas ela não poderia ir junto. Eu também conversei com dona Rosa sobre isso.

— E o que ela disse?

— Ela falou que eu poderia ir e ela ajudaria a cuidar da Paula. Dona Rosa é uma mulher muito boa e eu fiquei tentada a aceitar a oferta. Eu viria para São Paulo sempre que pudesse. O velho me ajudaria com as despesas dela, e ela continuaria a morar aqui. Só fico preocupada pelo fato de dona Rosa já estar com bastante idade.

— Nisso você tem razão — concordou Ricardo. — Para ser sincero, eu não saberia o que fazer no seu lugar.

— Tem outra coisa — continuou Sueli. — Paula gosta muito de você e ela o vê quase como um pai. Pensei se você não poderia ajudar a cuidar dela também.

— Sueli, você está doida! É muita responsabilidade. Eu não tenho idade para isto. Eu não sei o que vai ser da minha vida amanhã. Por mais que eu goste da Paula, acho que não sou maduro o suficiente para cuidar de outra pessoa.

— Olha, Ricardo. Por tudo que eu conheço da vida, eu acho que você é mais decente do que a maioria dos homens que já conheci. Não estou pedindo para você assumir o papel de pai da Paula, mas olhar ela de vez em quando e dar alguns conselhos quando necessário. Eu vou estar sempre telefonando e vindo para cá, quando for possível. Eu não estou abandonando a minha filha. Pelo contrário, estou fazendo tudo para que ela tenha mais oportunidades do que eu tive.

Os dois tomaram o café que tinha ficado pronto sem trocar mais nenhuma palavra. Depois de algum tempo, Ricardo olhou para Sueli e disse:

— Ok, eu acho que vou poder olhar ela de vez em quando, mas caso qualquer problema ocorra, eu telefono para você e você volta correndo.

— Não se preocupe. Por incrível que pareça, dona Rosa falou a mesma coisa. Mas eu não vou viajar agora. Ainda tenho muitas coisas para arrumar. Vou deixar uma grana para Paula, com ordens para ela sempre discutir com vocês sobre como gastar o dinheiro. Vou acertar a escola dela também. Sempre que precisar de algo, eu estarei aqui. Sei que o velho vai me amparar, e o futuro será melhor para Paula.

9. Os amigos

Algum tempo depois, Sueli Pistola partiu para Goiás. Paula ficou sozinha. O que ela quase não percebia é que ela era vigiada o tempo todo pelos quatro amigos, sem contar as vezes que dona Rosa passava na última casinha para ver se estava tudo bem.

Paula estava mais bonita que a mãe. Sueli ligava sempre para ela e, quando podia fazer uma visita, vinha para São Paulo. Isto deixava Paula mais tranquila. O fato de ser independente também fez com que ela se transformasse numa mulher extremamente segura e confiante. Poderia ter ocorrido o oposto, mas ela tinha quatro pais e uma avó postiços.

Nelson se formou em direito e começou uma pós-graduação também na faculdade do Largo São Francisco. Ninguém duvidava que ele teria uma carreira de muito sucesso. Marcelo foi outro que também terminou o curso e seguiu para uma pós-graduação na sua área. Ele continuava atrás das mulheres e da matemática. Provavelmente viraria professor, e os demais sempre brincavam que ele seria o terror das alunas. Só Nelson que, entre as muitas brincadeiras, lembrava que o amigo precisaria ser mais ajuizado para não levar um processo por assédio sexual.

Sérgio e Ricardo seguiram no curso de engenharia. Todos ainda continuavam nas casinhas da rua Comendador Aprile, mas sabiam que chegaria o momento de sair, mesmo considerando toda a comodidade e praticidade do lugar.

Os quatro amigos se preocupavam com o destino do país. Participaram das passeatas dos caras pintadas e depois torceram por um novo partido político, formado por gente trabalhadora e com ideias novas e democráticas. No entanto, os jovens vizinhos já não estavam tão aguerridos. Parecia que as coisas iam mudar e eles tinham que seguir em frente. Alguns colegas deles já haviam mudado de comportamento e passaram a se preocupar mais em ganhar dinheiro, seguir a vida e não se preocupar muito com as diferenças sociais do país. Até Sérgio se acalmara um pouco. O socialista ferrenho do grupo encontrou uma garota, Luísa, que balançara sua cabeça. Ela também era de esquerda, mas tinha um comportamento pragmático sobre o que poderia ou não ser feito no momento. Na verdade todos tinham que trabalhar e ter uma vida razoável, independentemente da desgraceira que existia no país. Não era uma fuga, pois Sérgio mantinha seus ideais, mas, assim que se formou, conseguiu um emprego numa grande companhia no interior de São Paulo. Luísa foi com Sérgio, e ele foi o primeiro a deixar a pensão. Mesmo longe, ele não deixava de mandar notícias.

Dona Rosa alugou a casinha que era de Sérgio para outro estudante. Este era mais novo e ficou um pouco isolado. Os três amigos que sobraram já estavam numa outra fase e ainda sentiam certa saudade das conversas com Sérgio.

O novo rapaz não entendia muito bem aquela união entre os moradores antigos e passou a dar em cima de Paula, que estava cada vez mais bonita e provocante. Mas quando o mulherengo Marcelo percebeu, chamou Ricardo e Nelson e os três deram uma prensa no rapaz, que ficou ainda mais sem entender. O recado foi dado, e ele nunca mais olhou para Paula.

Nessa época, Ricardo conheceu Célia. Eles começaram a namorar, e Célia passou a frequentar as casinhas da rua Comendador Aprile. Ela gostava de ir lá nas tardes de domingo tomar uma cerveja no quintal com os três amigos e as outras garotas que Nelson e Marcelo de vez em quando traziam. Ela achava tudo muito legal, mas não entendia o que Paula fazia no meio daquela turma.

10. Célia

Ricardo se apaixonara por Célia. Ela era bastante bonita, mas principalmente uma mulher alegre e simpática. Eles se encontraram numa palestra que aconteceu no prédio da faculdade de História. O tema era "A escravidão e a comunidade negra no Brasil". Estavam sentados lado a lado.

Ao terminar a palestra, Célia virou-se para Ricardo e perguntou:

— Quando será que nós vamos pagar pelos milhares de negros que morreram para sustentar nossa elite? Pelos que ainda sofrem, segregados por não terem oportunidades iguais aos brancos?

Ricardo se espantou e respondeu que aquilo era impagável nos dias atuais e que talvez ele não fosse viver o suficiente para ver a dívida quitada. Começaram uma conversa sobre a palestra, passaram a falar sobre o que cada um fazia e, no final, Ricardo perguntou:

— Você vai comer alguma coisa por aqui?

— Tem um boteco razoável aqui perto — respondeu Célia. — É uma comida decente e barata.

— Se estiver ok para você, que tal irmos juntos? — disse Ricardo, com um sorriso e torcendo muito para ela aceitar.

Eles comeram e beberam por mais de três horas. A alegria de Célia contagiava Ricardo. Os assuntos fluíam. A bebida ajudava a soltar a língua e a juventude esquentava a alma dos dois.

Ricardo foi com Célia até o ponto do ônibus e partiu somente depois de ela já ter seguido viagem. Combinaram um encontro no fim de semana seguinte, que foi o primeiro de muitos outros.

Muitas das tardes de domingo acabavam com a turma de amigos tomando uma cerveja no quintal da rua Comendador Aprile, e Célia já fazia parte do grupo. Colocavam uma mesinha em frente a uma das casas, cada um trazia um banquinho e sempre alguém aparecia com algo para beliscar enquanto tomavam cerveja.

Numa dessas tardes, Nelson virou-se discretamente para Ricardo e comentou:

— Célia gosta de ser a rainha desta turma.

— Oras, por que você está falando isto? — estranhou Ricardo.

— É apenas um comentário, mas veja também que quando Paula está aqui ela até sente um pouco de ciúme.

Ricardo ficou um pouco espantado com a observação, mas ele era apaixonado por Célia e isso acabou caindo no esquecimento.

Um ano depois, Ricardo se formou. Conseguiu um bom emprego e saiu da pensão de dona Rosa. Não demorou muito até ele e Célia se casarem.

Os dois primeiros anos de casados foram de festa e alegria, mas Ricardo percebeu que Célia sempre queria algo mais do que eles podiam ter. Os dois trabalhavam, mas o que entrava saía, e no fim do mês era sempre um aperto. Isto não chegava a ser um problema, mas o que incomodava era o fato de Célia reclamar que Ricardo ainda dava muita atenção à Paula. Nelson estava certo, Célia tinha ciúmes de Paula. Somente ela podia ser a atração e o centro de tudo.

Depois de todo aquele tempo, Ricardo não deixou de visitar Paula, de ver como ela ia nos estudos. Na verdade, Paula até ia muito bem, era uma boa aluna, provavelmente se tornaria uma excelente profissional e também não tinha problemas para se virar, pois Sueli mandava um bom dinheiro para ela e sempre mantinha contato. Ricardo atuava mais como um conselheiro do que qualquer outra coisa.

O relacionamento entre Célia e Ricardo foi se deteriorando aos poucos. O interesse de Célia em festas e glamour era cada vez maior, enquanto Ricardo, talvez para escapar do conflito, se dedicava cada vez mais ao trabalho.

Célia vivia em um mundo simples, onde as coisas se resolviam de imediato ou apenas aconteciam como obra do destino. Tinha uma concepção extremamente simplificada da vida, o que talvez explicasse sua facilidade de interação com as pessoas. Já Ricardo vivia em um mundo amplo, angustiante e complexo. Um universo onde ele era apenas uma peça infinitesimal, onde precisava entender a razão de existir, onde queria saber por que pessoas sofriam enquanto outras se divertiam. Para ele, os acontecimentos de sua juventude – conhecer pessoas como Sueli Pistola e Paula, seus amigos da pensão de dona Rosa e tudo mais – faziam parte de um cenário imenso que precisava ser entendido. Ele se encontrava esporadicamente com Nelson e Marcelo e sempre se comunicava com Paula. Esses assuntos e outras lembranças estavam sempre na conversa deles. Célia parecia não entender nada daquilo e talvez não entenderia nunca Ricardo e sua preocupação em compreender o mundo. Ela fazia parte das pessoas que simplesmente não se preocupavam com questões alheias a ela. Para Célia, bastava uma boa diversão, se possível regada com uma bebida de qualidade. Esse comportamento era de se estranhar, pensando em todas as bandeiras políticas que Célia levantara na juventude. Talvez tivessem sido apenas modismos.

Certa manhã, Ricardo disse para Célia que iria se encontrar com Paula.

— Você vai se encontrar novamente com aquela filha da puta? — vociferou Célia.

A forma como Célia falou deixou Ricardo irritado. Não porque fosse mentira, mas pelo desprezo, pelo ciúme e pelo pouco caso. Paula era quase uma filha para ele! Aquilo já tinha passado do limite.

Ricardo saiu de casa lembrando o que uma amiga viúva lhe contara alguns meses atrás. Depois de um bom tempo da morte do marido, ela percebeu que, apesar de terem passado décadas juntos, ela não tinha conhecido o esposo. Ricardo não teve dúvidas. As pessoas podem viver juntas sem se conhecerem. No íntimo, ele só queria viver um amor simples, nada mais do que um amor companheiro.

11. Dona Rosa II

Paula foi a última dos amigos a sair da pensão da dona Rosa. Ela se formou em administração e foi ao encontro da mãe. O protetor de Sueli Pistola havia morrido e deixara para ela uma enorme fazenda. Sueli era capaz de lidar com os peões, porém não tinha vocação ou mesmo conhecimento para lidar com a parte administrativa, e foi aí que Paula entrou com toda a força. Paula se tornara uma mulher muito bonita, decidida e segura, e passou a ser respeitada na pequena cidade de Goiás onde ficava a fazenda da mãe. Começou a fazer negócios, viajando constantemente entre a cidade goiana e São Paulo, onde sempre visitava dona Rosa.

Numa dessas visitas, Paula ficou sabendo que dona Rosa estava no hospital com a saúde bastante debilitada. Foi vê-la e encontrou o filho dela no hospital.

— Como está sua mãe? — perguntou Paula.

O filho, com cara de choro, respondeu que o médico tinha acabado de informar que a mãe estava em estado terminal. Ela alternava estados de lucidez com outros em que ficava totalmente dopada.

— E agora, será que eu poderia vê-la?

— Sim, ela está sozinha e hoje até que está bem lúcida. Acho que ela vai gostar de te ver.

Paula entrou no quarto de dona Rosa e foi logo falando:

— E aí, vovó? Está pregando uma peça na gente?

— Oi, fofinha — respondeu dona Rosa num tom muito baixo. — Eu acho que chegou a hora de embarcar.

— Mas não pode ser, a senhora ainda tem que dar muita bronca na gente. Tem que aconselhar seus filhos postiços!

— Já estão todos grandes, e eu passei do meu tempo. Paula, eu quero que faça um favor: peça a todos eles que tenham juízo e que cuidem bem dos filhos que eles podem vir a ter, e que obriguem esses filhos a estudar, assim como eles fizeram, para que todos sejam bem-sucedidos nesta terra dura.

Paula começou a chorar. Depois, conversaram amenidades, mas logo dona Rosa caiu no sono. Paula saiu do quarto, despediu-se do filho de dona Rosa e deixou o hospital.

Decidiu ficar em São Paulo por algum tempo, avisou sua mãe e em seguida telefonou para Ricardo, Nelson, Sérgio e Marcelo, alertando-os de que dona Rosa não viveria por muito mais tempo. Isto desencadeou uma enxurrada de telefonemas entre eles. Os quatro amigos passaram a se ligar e lembrar momentos que vivenciaram juntos. Dona Rosa e a vida na pensão tinham marcado cada um deles, e foi decisão unânime que eles deveriam estar juntos no momento da morte dela, mesmo que Sérgio e Nelson, que moravam mais longe, tivessem que viajar às pressas.

Quatro dias depois, Paula informou os amigos sobre o velório e o enterro.

O sepultamento aconteceu pela manhã em um cemitério da zona leste da capital paulista. Paula e os quatro amigos já haviam combinado um almoço para depois do enterro. Foram a uma boa cantina no centro da cidade.

—Fico contente de estar com vocês aqui – disse Paula –, mesmo considerando a tristeza do momento. Tenho muitas saudades do quintal da pensão e das conversas-fiadas do fim de semana.

Os quatro se olharam, admirando a segurança daquela mulher que conheceram quando menina.

— Você não é a única a sentir saudade – disse Nelson. – Eu também fico contente em ver que estamos todos bem. Agora somos "senhores" bem empregados, pertencentes à elite que Sérgio sempre depreciou.

— Opa! — berrou Sérgio. — Eu não sou da elite, trabalhei firme para chegar aonde estou. Eu apenas faço parte de uma classe que tem uma vida digna como todos os demais deste país deveriam ter. Sem excessos ou deslumbramentos.

— Pois é – disse Marcelo. – Acho que continuamos com os nossos sentimentos antigos de ter um país melhor, porém a coisa parece que ficou pior, a corrupção aumentou e o partido sobre o qual tanto discutíamos foi o que mais decepcionou e chafurdou na lama. Até rompemos amizade com colegas por causa dele.

— Acho que só uma revolução resolve isso – afirmou Paula. — Vocês me falaram tanto sobre luta armada, o que eu nunca vi, mas creio que só pode ser essa a saída. O povo tem que se rebelar.

Foi aí que Nelson interveio:

— Uma revolução não vai mudar isto aqui. Só trocaríamos seis por meia dúzia. O que precisa ser mudado é a cultura e a educação do povo. Tem que trabalhar isso. Pois uma mudança real só ocorre quando todos realmente desejam que a mudança ocorra.

— Talvez essa seja uma saída – comentou Ricardo. – Mas acho que algo pode ser feito nesse meio tempo, minando e ridicularizando o sistema corrupto. Isso vai ao encontro dessa mentalidade brincalhona do nosso povo e pode despertar a consciência das pessoas.

— Vamos botar para quebrar — disse Paula, totalmente excitada. — Mas como se faz isto?

— Olha só a atual revolucionária — disse Marcelo, rindo.

— Tenho pensado em algumas coisas nessa direção — interveio Ricardo. — Mas acho que o melhor agora é almoçarmos e deixar este assunto para depois.

— Eu vou cobrar isto depois — disse Paula. Em seguida, a conversa mudou e os cinco contaram as novidades de cada um. Eles estavam numa mesa com seis lugares, e em frente à cadeira vazia estava um copo cheio de vinho que seria o de dona Rosa. Foram muitos os brindes em memória da velhinha, e, conforme as lembranças surgiram, algumas lágrimas foram derramadas.

12. Paula e Ricardo

Dois dias depois do almoço, Paula telefonou para Ricardo e disse que iria passar na casa dele. Ele disse que só estaria lá depois das sete da noite.

— Então passo aí em torno de sete e meia — disse Paula.

Sete e meia em ponto o porteiro avisou que Paula estava subindo.

Ricardo abriu a porta e a abraçou. Ela estava alegre como sempre. Vestia um jeans e uma blusa branca de gola olímpica. Ricardo não tinha dúvidas de que ela se tornara uma mulher cativante.

Sem que Ricardo tivesse tempo para falar algo, Paula perguntou:

— Que conversa foi aquela no almoço do outro dia? O que você está planejando?

— Calma, menina, que pressa é essa?

— Você falou que estava pensando em alguma coisa. Se eu lembro bem, você disse algo como "para minar o sistema corrupto".

— É possível, mas o que você tem a ver com isso?

— Oras, seja lá o que for, eu quero participar.

— Paula, você tem que levar sua vida e não esquentar a cabeça com o que falamos.

— Pô, Ricardo, você foi quase um pai para mim. Melhor ainda, você *foi* um pai para mim! Vocês me ensinaram muito do que eu sei. Sempre falaram em lutar por um país melhor. Sempre me deixaram com vontade de ter participado da luta contra estes governos corruptos, de ter gritado contra as misérias deste país, e agora você vem falando para não esquentar a cabeça...

— Olha, Paula. Quinze ou vinte anos atrás a gente tinha outra cabeça. Éramos jovens, tínhamos muitos ideais e até nos arriscávamos por eles, mas as coisas mudaram e parece que muito do que gastamos de energia foi por água abaixo. Você é jovem e tem que viver a sua vida.

— Eu não estou te reconhecendo — disse Paula. — Deixa eu te lembrar de uma coisa: minha mãe se vendeu para que eu chegasse aonde estou hoje. Por uma questão do destino e da escolha dela, hoje nós estamos muito bem. Podemos até dizer que estamos ricas. Ela consegue cuidar dos peões e de toda a rotina da fazenda. E eu, com tudo que aprendi, estou cuidando dos negócios, compras e vendas, fazendo tudo render. Mamãe tem um jeito de lidar com os homens impondo respeito e tratando todos muito bem. Aliás, até circula na cidade que todos gostariam de trabalhar para nós, e somos consideradas as melhores patroas da região. É bom lembrar que a gente saiu da merda e nós não nos esquecemos da vida dura desse povo. Lembre-se do passado que tivemos e de tudo que vimos e vivemos. E agora você vem me dizer para deixar para lá? Eu quero é mais estourar essa corja de vagabundos que se instalou na capital e que mantém o país nesta situação infeliz.

— Eu tenho que concordar com você — disse Ricardo —, mas ainda assim eu fico em dúvida de te passar as besteiras que tenho pensado. Antes eu preciso contar um pouco como estou me sentindo.

Ricardo começou a contar sobre o fim do seu relacionamento:

— Parecia que vivíamos em esferas diferentes, e Célia não conseguia compreender o que se passava na minha cabeça. Depois da separação, eu passei um tempo muito triste, mas aos poucos voltei a me dedicar fortemente ao trabalho e a viver a vida. No entanto, a preocupação que eu tinha em ter uma vida estável já não era mais tão grande e passei a pensar em mudanças, em fazer alguma coisa diferente. O que até agora não é muito claro para mim. Mas tem um ponto que ficou evidente, e esta é a outra coisa que eu gostaria de contar.

Ricardo fez uma pausa, então continuou seu discurso:

— Quando comecei a trabalhar, eu tinha vontade de melhorar tudo, mudar milhões de coisas. Quando consegui chegar em um cargo alto que, em princípio, me daria o poder de ditar as regras, de mudar comportamentos errados, fazer a diferença, percebi que nada disso poderia acontecer se a mentalidade dos que me rodeavam não concordasse comigo. Esse é o erro da juventude: na ânsia de mudar, não percebe que as coisas só mudam quando as pessoas estão conscientes da necessidade de mudança. E isso não ocorre de uma hora para outra, é preciso maturação, é preciso que todos trabalhem, visando o bem de todos e não o próprio bem-estar. É necessário que cada trabalhador dê o melhor de si, o professor realmente queira ensinar, o engenheiro não aceite fazer uma obra com defeitos, os defensores da lei cumpram a lei, e por aí afora. Isso leva tempo, e somente quando os desonestos e corruptos sofrerem por seus atos, as pessoas perceberão que o caminho longo, honesto e justo é o único que vai nos levar a um país melhor.

"Isso é um pouco sonhador, mas acho que existem alternativas para ir minando o sistema e desacreditar os corruptos. Na verdade, eu sinto certa angústia ao ver que até os que clamavam ser lutadores do povo brasileiro não passam de aproveitadores e réplicas de ditadorezinhos de repúblicas bananeiras. Quando os corruptos viram que os tais intitulados paladinos da justiça eram tão corruptos quanto eles, se tornaram mais ávidos ainda. As pessoas com conhecimento e condições nos dias de hoje estão indo embora do país, enquanto os incapacitados malandros tentam a política. O pior de tudo é que para fugir desse tipo de governo, que ao menos era democrata, nós acabamos caindo num governo fascista. Um governo que é ainda pior e não deixa de ser tão corrupto quanto os anteriores."

— O que você está pensando em fazer? — perguntou Paula, sem saber para onde aquela conversa ia.

— Muitos desses políticos posam de grandes senhores. Temos os coronéis dos vários grotões do país, onde o povo tem menos informação e conhecimento, principalmente por se sentirem longe do patamar da vida desses senhores da terra. Também temos maganos de outros estados, que servem aos interesses dos estados mais industrializados ou dos grandes fazendeiros. O comportamento dessa turma deve ser algo cultural, que sobrevive desde os tempos da escravidão e do tempo colonial. Mas nosso povo tem uma cultura brincalhona, e isto pode ser utilizado para ridicularizar esses coronéis e outros pilantras, transformá-los em pessoas humanas, passíveis de erro, porém corruptas e sacanas.

— Mas, Ricardo, como você acha que se consegue isto?

— Paula, faz tempo que venho pensando em quem poderia ser atacado e de qual forma. Um possível candidato é o deputado Aldemar. Lembra-se dele? Ele já ocupou vários cargos no governo, é um coronel truculento, que mudou várias vezes de partido, participou de várias maracutaias e tem um curral eleitoral forte que sempre o remete para Brasília. Ele é mulherengo, grosseiro e creio que até burro em algum sentido, porém a truculência desse sacana é tamanha que o que ele faz de errado é sempre corrigido na força. Talvez isso possa ser utilizado para enganar o camarada, a tal ponto de desmoralizá-lo.

Paula, começando a ficar inquieta, perguntou:

— Qual é a jogada?

— Se você realmente quer participar disso, e eu já aviso que será arriscado, eu vou te passar o que pensei. Você precisaria se aproximar do deputado Aldemar, e, considerando o quanto você é bonita e ele, mulherengo, vai ser muito fácil. Quando ganhar a confiança dele, você vai fazer um vídeo curto em que ele apareça nu e de uma forma ridícula. Quando esse vídeo circular nos lugares certos, ele perderá muito da aura que possui e vai se enroscar sozinho.

— Ricardo, vamos logo aos detalhes — disse Paula, ansiosa.

— Primeiro teremos que conseguir celulares pré-pagos que não possam ser associados a nenhum de nós. Então, alguns documentos falsos, o que não será um problema. Teremos algumas despesas extras. Uma vantagem é que você poderá sair de Goiás e dirigir até Brasília, então não vai precisar de passagens de ônibus ou avião. Aliás, seu carro só deverá ser utilizado para chegar e sair da capital. Para se locomover em Brasília você utilizará somente táxis, e tudo será pago em dinheiro. Tem algo mais: nós também iremos arrumar um disfarce para você.

Ricardo fez uma pausa, então começou a informar Paula sobre os detalhes do seu plano.

* * *

Em Brasília, Paula seguiu todos os detalhes planejados por Ricardo, o que levou aos acontecimentos ocorridos em Brasília nos dias atuais, com Aldemar amarrado na cama do motel. O pessoal da Câmara mais familiarizado com a fauna brasileira passou a chamar Aldemar de "deputado rabilonga", em referência ao pássaro de cauda característica. Mas Aldemar ficou mesmo conhecido como o "deputado do rabo emplumado".

13. Josias

Aldemar tinha tomado dois copos de uísque e fora dormir. Não havia mais nada que pudesse ser feito naquele momento. Ele estava queimado na família e tinha que sobreviver à gozação da Câmara.

Josias saiu do apartamento de Aldemar. Pensando consigo mesmo, e depois de ver o vídeo feito pela jornalista, ele não teve dúvidas de que o deputado estava ferrado. Josias conhecia bem o ambiente e todo o sistema da capital. Aldemar seria ridicularizado por todos os colegas. Os inimigos usariam as imagens para atacá-lo como um devasso, independentemente do fato de serem iguais a ele, apenas pela sorte de não terem sido ainda pegos com a boca na botija. Mas o pior mesmo seria a família do parlamentar. A mulher de Aldemar não era fácil, ele já fizera trabalhos para ela e sabia que ela ia esfolar o marido.

* * *

Josias era um homem simples. Seus pais eram do interior da Paraíba, tiveram quatro filhos homens e já haviam falecido. Os irmãos haviam debandado pelo mundo e mal tinham contato entre si. Josias era o que estava melhor de vida. Ele tinha saído de casa cedo e começou a trabalhar como servente de pedreiro em João Pessoa, mas não ficou nisso muito tempo, pois o serviço era pesado e ele queria uma coisa diferente. Mudou de emprego, fez bicos e vagou pelas cidades do Norte e Nordeste.

Josias conheceu Jussara, empregado do deputado, quando fazia compras numa feira de rua, logo depois de conseguir um emprego na cidade em que morava Aldemar. A garota era bonitinha. Não demorou muito para ele se esgueirar pela casa do parlamentar e passar a noite no quarto da empregada. Jussara estava apaixonada por Josias, mas o que ele queria mesmo era sentir o calor das coxas dela. Querendo amarrar o namorado, Jussara o apresentou ao deputado quando este falou que precisava fazer uma pequena reforma no salão que tinha nos fundos da casa. O salão ficava de frente para a piscina e ao lado da churrasqueira, tinha banheiros, mesas, cadeiras e uma grande porta de vidro. Ali o deputado reunia seus amigos e passava horas bebendo e tramando suas malandragens. Aquele era seu canto preferido da casa.

A reforma era pequena. Teria que refazer o piso, mudar a iluminação e renovar a pintura. Aldemar contratou Josias e sempre que podia acompanhava a obra. Eles conversaram várias vezes, e Aldemar percebeu que o camarada era esperto, faria tudo por uma grana extra. Próximo ao fim da obra surgiu o caso que mudaria a vida de Josias.

Aldemar dominava o partido em seu estado, mas ele sofria certa resistência interna. Havia um jovem secretário do partido com uma enorme ganância de poder, que nas últimas reuniões vinha importunando, dizendo que havia malversação das verbas partidárias e que ele queria uma auditoria bem feita de todas as contas. O garoto era apoiado por alguns membros, que certamente não fariam nada se não fosse pelo secretário, o único com coragem para afrontar Aldemar. O pior é que se as contas fossem auditadas, ficaria claro que Aldemar usava boa parte da verba para proveito próprio. De alguma forma, aquele garoto tinha que ser amaciado.

Na última semana da obra, Aldemar perguntou para Josias se ele gostaria de ganhar uns dez mil. O homem, espantado com o valor, perguntou ao deputado o que ele teria que fazer.

— Olha, Josias, tem um camarada que está arrumando problemas para mim no partido e eu gostaria que alguém, com todo cuidado e discrição, fizesse ele se calar e não querer tocar mais nas contas do partido.

— Mas o que eu tenho que fazer?

— Você tem que dar um susto no camarada. Falar para ele que, se ele quiser continuar a meter o bico nas contas do partido, pode sofrer algum problema de saúde. Você entendeu?

— Ok, chefe. Você quer que eu dê um tranco no cara?

— Acho que você entendeu, mas veja que ele tem que sair mansinho para não arrumar mais problema depois.

— Pode deixar. O senhor me passa tudo que sabe sobre o cara e, se puder, eu gostaria de dois mil adiantados, para cobrir qualquer despesa.

Aldemar saiu e logo depois voltou com o dinheiro e um bilhete com o endereço do secretário do partido e do diretório onde ele costumava trabalhar todas as tardes. Além disso, o parlamentar mostrou uma foto do rapaz.

— Está certo — disse Josias. — Em uma semana no máximo eu resolvo isto.

Dois dias depois Josias aguardou o secretário sair do diretório. Ele o viu se dirigir ao carro que estava estacionado logo em frente. Por sorte, um táxi estava por perto e Josias pôde seguir o rapaz. O carro entrou num estacionamento e Josias pediu para o motorista parar, então pagou e desceu do carro. O secretário saiu do estacionamento e Josias o seguiu de perto até um prédio que ficava a pouco mais de cinquenta metros. O rapaz abriu a porta com a chave e entrou. Era o endereço que Aldemar tinha dado. A sorte era que o prédio não tinha vigilante nem porteiro, e aquele seria o lugar ideal para encurralar o camarada.

No dia seguinte, Josias ficou de tocaia naquele endereço. O secretário chegou mais tarde. Josias teve sorte novamente, pois não passava ninguém por perto. Ele trajava um casaco grande, aproximou-se rapidamente do secretário e com a mão no bolso encostou o dedo nas costas do rapaz, falando baixinho:

— Vai entrando devagar que nada de mal vai te acontecer.

O rapaz abriu a porta e os dois entraram. Josias pediu para pegar o elevador e disse que eles iriam para o apartamento dele.

— O que você quer? — perguntou o secretário.

— Vai com calma que tudo vai ficar na paz — disse Josias.

O elevador chegou ao andar do secretário e Josias continuava apontando o dedo por dentro do casaco como se fosse uma arma. Ele achou que o cara era um cagão, pois estava obedecendo a tudo direitinho.

Ao abrir a porta do apartamento, Josias tirou a mão do casaco e deu um tremendo soco nas costas do secretário. Achou até que tinha lhe quebrado uma costela. O rapaz caiu como um saco de batatas para dentro do apartamento. Josias fechou a porta e, antes que o camarada se levantasse, acertou um chute na barriga do coitado, que se encolheu de dor.

Aos poucos o rapaz começou a se recuperar, então perguntou novamente:

— O que você quer?

— Eu não quero nada — disse Josias. — Eu apenas vim dar um recado para você não meter o bico nas contas do partido e aceitar tudo o que acontece por lá. Você entendeu?

— Quem mandou você?

— Não interessa quem mandou. Interessa que você fique quieto e continue vivendo, pois a vida pode ser curta quando se mete a mão em cumbuca. Você entendeu? Isto é só um aviso.

— Eu vou... — o rapaz começou a dizer, mas não teve tempo de mais nada, pois levou outro chute tão forte que, se a costela não tinha quebrado antes, agora tinha arrebentado com certeza.

Josias deixou o sujeito caído e saiu do apartamento. Quando chegou à calçada, estava tranquilo. Mandou uma mensagem para o deputado Aldemar avisando que o caso estava resolvido, que o camarada tinha apanhado bem e ele duvidava que o secretário tivesse coragem para reclamar de qualquer coisa. Pensou nos oito mil que ia receber e, de quebra, com o dinheiro na mão, ia se esquentar na cama de Jussara.

Aquele foi o primeiro serviço prestado para Aldemar. Quando o deputado lhe passou mais alguns trabalhos desse tipo, Josias também não se preocupou. A recompensa era sempre maior quando o serviço era mais complicado.

* * *

Josias começou a pensar no que teria que fazer para achar a garota que tinha dado o golpe em Aldemar. O primeiro passo era procurar imagens e outras informações sobre a repórter chamada Dora. Deveria haver imagens dela no prédio da Câmara, algum registro de documento, endereço ou qualquer outro dado. O hotel onde se encontrara com o deputado também teria alguma informação, e até o taxi que ela pegara ao sair do motel poderia fornecer alguma pista.

14. Josias II

Josias foi para seu apartamento planejar todos os passos que tomaria a seguir. Aquele era um serviço simples comparado a outros. A idiota da jornalista deveria ter deixado muitas pistas, e seria fácil saber da vida dela. Josias já tinha feito trabalhos muito mais complicados para Aldemar. De qualquer forma, o que sobrara do respeito, ou talvez consideração, que ele já ganhara na vida trabalhando para o deputado tinha ido para o espaço. Aquele tonto com o espanador no rabo estava acabado. Josias conhecia muito bem o comportamento dos deputados federais e sabia que Aldemar sairia bastante enfraquecido depois de toda aquela confusão. O que também não era um motivo de grande preocupação para ele. Josias já não dependia tanto do deputado, tinha uma reserva de dinheiro, um pequeno apartamento, que ele ganhou depois de ter dado uma surra tão forte em um dos inimigos de Aldemar que o coitado sumiu do mapa. Agora faltava pouco para Josias se aposentar com o salário de assessor do deputado. Poderia ter uma vida tranquila em alguma cidade praiana, talvez na Paraíba, sem nada para esquentar a cabeça. Considerando tudo que já tinha vivido, aquele era o melhor dos mundos. Além disso, ele estava cansado, já não pensava da mesma maneira como quando começou a trabalhar para Aldemar. Ele reconhecia que tinha sido um bronco, um jagunço, porém não tinha tido a chance de fazer ou conhecer algo melhor. Agora era diferente. Ele tinha vivido muito, visto coisas boas e ruins e até sentia certo arrependimento de muito do que tinha feito. Josias se considerava um homem decente, mesmo com um passado que tinha deixado marcas profundas.

No dia seguinte ele saiu com uma ideia fixa por onde começar a busca pela jornalista. Iria falar com a Cidinha, uma baiana de seios fartos que trabalhava na administração geral da Câmara e tinha uma queda por Josias. Ela não tinha uma posição alta na vigilância do prédio, mas sabia trançar as pernas como ninguém e já tinha dobrado muitos parlamentares do baixo escalão, conhecendo todo o caminho das pedras do Congresso. Não havia nada que Cidinha não descobrisse em pouco tempo, e Josias já tinha trocado mais do que favores com ela. Por Cidinha, eles já estariam vivendo juntos, mas Josias sentia um pouco de medo de se amarrar.

Ao vê-la, Josias cumprimentou:

— Oi, Cidinha, como vai a vida?

A garota respondeu com um sorriso largo:

— Ô Josias, eu acho que muito melhor do que a tua!

— O que você quer dizer com isso?

— Andei ouvindo uns boatos. Aliás, isso está correndo que nem pólvora. Teu chefe pisou na jaca, ou melhor, sentou no espanador! — Ao dizer isto, ela começou a rir desmedidamente.

— É mesmo, acho que o Aldemar ficou marcado nessa. Quem queria ferrar o cara conseguiu mesmo.

— Pois fique sabendo que até o pessoal da limpeza já viu o vídeo.

— Cidinha, a coisa está pior do que imaginei, e é sobre isso que eu queria falar contigo. Eu gostaria que você reunisse todas as informações possíveis sobre a jornalista que armou para o Aldemar. Veja se consegue saber se a vigilância registrou as credenciais da camarada, se consegue cópia dos vídeos da entrada dela no prédio. Tudo o que você conseguir.

— Isto vai dar um pouco de trabalho, Josias. Quanto eu vou ganhar?

— O deputado está querendo o pescoço da mulher e não vai medir esforços para conseguir. Arranja tudo o que puder que eu vou pedir para ele um envelope com um bom presente dentro.

— Ok. Entre amanhã ou depois eu vou ter uma ideia do que consigo descobrir.

— Legal, Cidinha. Pode ter certeza que você não vai se arrepender. Você me telefona ou depois de amanhã eu passo aqui, pode ser?

Josias se despediu e foi para o gabinete de Aldemar. Passou pela antessala abarrotada de gente e foi falar com Clarice dentro do gabinete.

— Bom dia, Clarice.

— Bom dia nada, Josias. Isto aqui está um inferno. Um monte de repórteres, uns deputados que vieram dar apoio ao Aldemar e outros que vieram rir da cara dele. O pior foi um deputado da oposição que veio aqui com um espanador enorme e começou a espanar as mesas. Já fiquei sabendo até que um grupo mandou fazer um broche na forma de um pequeno espanador para distribuir entre os funcionários. E não fale mais nada, pois até eu já vi o vídeo!

— A coisa está feia mesmo, Clarice. Esses vigaristas dão em cima das jornalistas e das funcionárias, é uma zona para tudo quanto é lado, mas em geral não se deixam apanhar numa cena dessas. O chefe está louco e quer acabar com a garota.

— Josias, eu sei que você já deve estar atrás dela, mas posso dizer que já procurei algo. O telefone dela não responde e o jornal para o qual ela disse que trabalhava não existe.

— Porra, Clarice. Como você deixou isso acontecer?

— Não fui eu! Assim que o deputado viu a garota, ele caiu em cima como um gavião. Nós não tivemos tempo de checar nada.

— Tem alguma coisa que você imagina que daria uma pista dessa tal Dora?

— Nadica de nada. E do jeito que anda por aqui, eu vou até sair mais cedo, já que o deputado nem vem para cá. Eu não vou aguentar esta aporrinhação de deputados, repórteres e funcionários.

Josias saiu com a certeza de que achar a golpista seria mais difícil do que imaginara. Ele iria procurar no hotel onde Aldemar encontrou a falsa jornalista e tentaria achar o motorista de táxi que a levou embora do motel.

No hotel, Josias usou parte do dinheiro que o deputado tinha adiantado. Por sorte, um dos rapazes da recepção tinha visto a garota lindíssima que tinha atraído o deputado. Ao contrário do que ela tinha falado para o parlamentar, ela não havia se hospedado lá. Josias deu cinco notas de cem ao rapaz. Com isto, conseguiu ter acesso aos vídeos de segurança que o hotel fazia do saguão. Ela aparecia em um deles esperando por Aldemar. Dava para ver melhor a cara da tal Dora, mas nada que ajudasse na identificação. Ninguém se lembrava de mais nada, tampouco de algum sinal do carro ou táxi que a tinha deixado no hotel.

Ao sair do hotel Josias circulou pela redondeza para ver se havia mais câmeras de segurança. Não havia nada que fosse útil e achou que o melhor seria procurar pelo táxi que levara a jornalista embora do motel.

Achar o táxi foi fácil. O motel filmava as entradas e saídas de veículos. Mais um dinheirinho na portaria e outro para o taxista e Josias ficou sabendo que o motorista tinha deixado a jornalista num estacionamento do Setor Hoteleiro Sul. O taxista levou Josias para o local exato onde havia deixado Dora. O capanga de Aldemar percebeu que o pessoal que tramou a coisa era esperto. A mulher pagou a corrida em dinheiro. Além disso, aquele local não era bem iluminado durante a noite, não havia câmeras de segurança por perto e a jornalista não se hospedou em nenhum dos hotéis que ficavam até 200 metros dali.

Josias pegou um táxi e foi para um bar perto do seu apartamento. Sentou-se a uma mesa, pediu uma cerveja e algo para petiscar. Como acharia aquela camarada? Ele sabia que Aldemar não ficaria contente enquanto ela não fosse encontrada, mas Josias certamente não gostaria de fazer nada de mal para uma garota nova e tão bonita.

Conforme foi tomando sua cerveja, Josias percebeu que poderia tentar rastrear o celular da mulher e também buscar pontos com câmeras de segurança perto do local onde o celular da jornalista foi acionado. Para conseguir isto, o deputado Aldemar teria que gastar uma boa grana.

15. Aldemar e Josias

Cidinha telefonou para Josias no dia seguinte. Ela foi direta:
— Não achamos nada útil para você, mas conseguimos em um dos vídeos uma bela imagem da garota, de frente.
— Isto já é uma boa coisa, pois todas as imagens que eu vi até agora eram dela meio de lado ou de costas.
— Imagino que você vai gostar. Não é à toa que o deputado se rendeu, pois a menina de frente, de lado ou de costas deixa qualquer um desnorteado.
— Obrigado, Cidinha. Vou passar no apartamento do deputado e cobrar o envelope que prometi para você.
Josias telefonou para a empregada de Aldemar e avisou que passaria mais tarde por lá. Saiu do seu apartamento e resolveu que iria a pé até o apartamento do patrão. Seria uma caminhada longa, mas pelo menos ele teria tempo para arrumar as ideias e pensar em como conversaria com o deputado.
Aldemar estava esperando Josias com ansiedade. Quando Josias chegou, o parlamentar foi logo perguntando:
— E aí, vai me entregar a cabeça dessa filha da puta?
— Doutor, não está fácil descobrir quem ela é! Consegui uma boa imagem do rosto da moça, o que vai ajudar na pro-

cura. Eu vou passar a conta do quanto gastei com o pessoal do hotel onde vocês se encontraram, com os funcionários da recepção do motel, com o taxista e com a Cidinha, lá da Câmara, que foi quem conseguiu a melhor imagem da menina. Tenho certeza que quem planejou isso fez a coisa bem bolada, pois não deixaram muito traço.

— Droga! — disse Aldemar, colérico. — Eu quero descobrir esse pessoal enquanto a coisa está quente. Poderemos dizer que foi a oposição, que foi algo totalmente armado, que fui drogado antes e até que era um sósia, ou qualquer coisa assim. Se possível, eu queria apresentar a quadrilha que armou para mim e reverter esta imagem. Se eu posar de coitado, talvez possa até me beneficiar de toda esta situação e não perder votos na próxima eleição.

— Não sei, doutor. Mas se desmascarar e mostrar a golpista na televisão, talvez o senhor até ganhe alguns votos, pois a moça é um verdadeiro avião. O povão gosta de admirar um macho e um pouco de novela.

— Pode até ser, mas eu não sei se minha imagem sai como macho. Ontem arrisquei ir para o Congresso e logo cedo me apareceu aquele deputado da oposição, o Franklin. Ele veio na minha direção com um pequeno espanador dizendo que ia limpar a sujeira que eu faço. Tive vontade de dar um murro no desgraçado, mas aí eu ia piorar ainda mais a minha situação. Fora isto, minha mulher pediu o divórcio e vai me tirar o couro. Dela, eu não escapo.

— Pois é, deputado. Mas posso afirmar que a coisa vai ficar cara. Vou precisar de muito dinheiro, pois a única forma que estou vendo de achar quem armou isto é rastreando o celular da garota, e não vai dar para fazer isto só pedindo para a operadora, vai ter que "azeitar" um funcionário ou outro para conseguir essas informações.

— Porra, você quer mais dinheiro ainda?!
— Doutor, eu sei que o senhor tem grana. Se quiser realmente pegar a mulher, vai ter que desembolsar.

Josias estava ficando impaciente, pois já tinha perdido a admiração pelo chefe. Além do mais, ele sabia que Aldemar possuía uma fortuna escondida no exterior, que nem a mulher dele sabia. Se ele tinha se metido na merda, ele tinha que se virar para sair dela. E no fundo, mais que tudo, o deputado só pensava em se vingar. Estranho, pois depois de tudo o que Josias viu na vida, ele nem achava que esta vingança fazia sentido. O fato é que a cambada de caras do Congresso, como Aldemar, só pensam em poder e dinheiro. Pior, poder pelo poder, e talvez nem sintam prazer com nada daquilo.

Enquanto Josias pensava, Aldemar saiu para pegar o dinheiro. Ao voltar para a sala, ele entregou um maço de notas para o empregado e disse:

— Veja se não joga isto pela janela e me avise sempre sobre o que estiver fazendo, principalmente se conseguir algum avanço.

— Ok, doutor — respondeu Josias, e foi embora.

Aldemar chamou a empregada e pediu para ligar para seu advogado. Também passou dois outros números de jornalistas conhecidos, pedindo para ligar para eles e informar que queria vê-los o mais rápido possível. Eram jornalistas sensacionalistas que se vendiam facilmente. Com uma grana na mão, eles poderiam inventar uma boa história e contar que Aldemar fora pego numa trama diabólica da oposição para desmoralizá-lo. Até que os dois chegassem, ele arquitetava o que poderia ser feito para reverter sua situação.

Aldemar atendeu a ligação feita para seu advogado. Discutiu sobre o divórcio e viu como tudo poderia ser feito o mais rápido possível e com o menor gasto. Informou que não estava indo muito à Câmara e no caso de qualquer dúvida ele poderia ser encontrado em seu apartamento. Depois de algum tempo, a campainha tocou e entraram os repórteres.

Os dois jornalistas já tinham sido informados pela empregada que deveriam aparecer juntos. Ao entrarem no apartamento, Aldemar foi logo dizendo:

— Caros, conheço vocês de longa data e quero que façam uma reportagem contra toda essa baboseira que saiu por aí.

Um deles, mais escroto e atrevido que o outro, também foi direto ao assunto.

— A gente tem acompanhado os fatos e qualquer coisa afirmada diferente do que já foi falado ou mostrado vai ser difícil de passar pelo editor-chefe.

— Eu sei — disse Aldemar. — Então vamos direto ao ponto: quanto vocês querem?

O jornalista que não tinha dito nada até então respondeu que dependeria da história que ele quisesse vender.

— Vocês inventam alguma coisa — sugeriu Aldemar. — Podem dizer que eu fui sequestrado por um grupo extremista. Arrumem qualquer coisa que sirva para convencer o pessoal. Qualquer história que sirva para jogar fumaça neste caso. Informem que fui dopado e o objetivo era me ridicularizar para diminuir as chances de aprovar meus projetos na Câmara.

— E que projetos são estes? — perguntou um dos jornalistas.

— Vocês não precisam entrar em detalhes.

— Deputado, desse jeito o jornal só vai aceitar se correr muita grana — informou o outro repórter.

— Então vou perguntar novamente: quanto é que vocês vão querer?

Os repórteres se entreolharam, e o mais atrevido falou:

— Vamos conversar com a chefia e até o final do dia a gente lhe passa um valor.

— Ok — concordou Aldemar. — Vejam isto e faremos tudo com dinheiro vivo.

Os dois concordaram com a cabeça. Então começaram, junto com o parlamentar, a discutir a história que iriam inventar, que deveria envolver dois deputados da oposição conhecidos como bocudos e encrenqueiros. Aldemar ficou contente, pois profissionais da escrita sabiam como inventar histórias melhor do que ele. Discutidos os pormenores, os jornalistas se despediram, mas antes de saírem deram uma ideia de qual seria o valor do serviço.

Meia hora depois, Josias telefonou:

— Chefe, um camarada da companhia de comunicação vai conseguir me passar todas as ligações feitas pelo aparelho da moça e as localizações aproximadas de onde elas aconteceram. Isto vai custar vinte mil.

— Josias, manda pau. Avise quando ele tiver isso pronto que eu providencio o pagamento.

Aldemar calculou que conseguiria achar a garota e quem mais estava por trás do golpe. Ele teria a sua vingança, o que era uma questão de honra. Também não tinha dúvidas de que os jornalistas com quem conversara publicariam uma história mirabolante jogando poeira em tudo o que tinha ocorrido. Então ele faria um pronunciamento bombástico no Congresso, culpando a oposição por atos ilícitos e vis. Citaria o nome de dois deputados inimigos, dizendo que haviam forjado um vídeo para desonrá-lo. O importante era fazer bastante intriga, para desviar a atenção de todos.

* * *

Três dias depois Aldemar compareceu no Congresso. Teve que aguentar o deputado Franklin, que apareceu novamente com um pequeno espanador.

— É para limpar a caspa — disse o parlamentar.

Aldemar respondeu de pronto:

— Mande lembranças para sua mãe, meu pai a visitava muito!

Isto foi suficiente para começar uma discussão, que foi logo apartada pela turma do deixa-disso.

Naquele dia, Aldemar pediu a palavra para fazer um longo discurso com a Câmara cheia. Culpou dois deputados por criarem um vídeo falso, em uma tentativa de desacreditar sua imagem. Continuou com uma lengalenga que fez alguns deputados saírem para tomar um café. Gerou protestos por parte de um dos parlamentares, cujo nome apareceu no tabloide que ele pagara para publicar sua história forjada. Mas, no fim, conseguiu seu intento, que era vencer por puro cansaço. Aldemar reconhecia que o pouco respeito que ainda possuía entre os pilantras do baixo clero já tinha ido para o espaço, mas também sabia que a memória de todos ali era curta. O artigo escrito pelos jornalistas picaretas ajudara a desviar um pouco a atenção dos que poderiam vir a atacá-lo. Aos poucos, Aldemar recuperaria sua condição de articulador de trambiques.

16. Josias III

Depois de gastar uma boa quantidade de dinheiro, Josias juntou as peças que tinha até aquele momento. A primeira era uma imagem frontal e nítida da tal jornalista Dora. Outras eram as ligações feitas pela mulher e os locais aproximados de onde as chamadas aconteceram. Essas informações foram fornecidas pelo técnico da companhia de comunicações, que recebeu os vinte mil que Aldemar havia entregado, usando o número de celular com que Dora havia trocado mensagem com o deputado.

Josias verificou que o celular da falsa jornalista e o celular para o qual ela ligara em São Paulo estavam desativados. Os dados pessoais associados aos chips eram falsos, mas os locais aproximados de onde foram feitas as ligações talvez fossem o que mais poderiam ajudar a encontrar a camarada.

Procurar algo em São Paulo seria besteira, o celular dela havia recebido uma ligação de uma região muito populosa. As melhores possibilidades vinham das ligações feitas de Brasília. Uma fora do estacionamento do Setor Hoteleiro onde o motorista de táxi havia deixado a mulher. Josias iria investigar aquele local novamente. Outras duas ligações eram mais interessantes. A segunda chamada foi realizada de uma região nas proximidades do Lago Sul, onde havia apenas alguns poucos restaurantes. Como a ligação havia sido feita durante o horário de almoço do dia em que Dora e Aldemar se encontraram para ir ao motel, era muito provável que a chamada tivesse ocorrido de um dos restaurantes. Aquela poderia ser uma boa pista, e seria melhor ainda se a golpista tivesse pagado a refeição com um cartão de crédito. A última ligação foi feita de uma região residencial localizada numa rodovia ao sul da capital, na direção de Goiânia.

No estacionamento do Setor Hoteleiro Sul, Josias acabou encontrando uma câmera de um hotel que filmava a saída do estacionamento. Soltou mais um pouco de dinheiro na mão de um recepcionista. O vídeo mostrava mais de uma dezena de carros saindo até meia hora depois da ligação. Josias anotou o número de todas as placas para pesquisar cada um dos proprietários.

Depois Josias se dirigiu à localização aproximada que o funcionário da companhia telefônica lhe dera. Lá havia dois restaurantes. Dora deve ter almoçado em algum deles, e o horário indicaria qual foi. A sorte era ter em mãos várias cópias da imagem da jornalista. Num dos restaurantes, Josias encontrou um garçom que havia servido Dora e que rapidamente reconheceu a foto da garota. Essa era a desvantagem daquela mulher: era muito bonita, e os homens sempre se lembravam dela. O garçom disse a Josias que ela era bastante simpática e até brincou com ele. Também lembrou que ela pagou em dinheiro e deixou uma boa gorjeta. Josias percebeu que não teria a mínima chance de encontrar algum pagamento em cartão de crédito ou débito. A falsa jornalista tinha sido esperta ao não deixar rastro algum.

A última ligação levou Josias a um enorme condomínio residencial. Ele parou o carro nas proximidades e começou a pensar como poderia entrar e conseguir informações. Em geral os porteiros não eram fáceis de ser corrompidos. Ele teria que achar uma boa forma de se aproximar de algum deles para conseguir o que queria. Não tinha dúvidas de que, com uma boa quantia de dinheiro, conseguiria subornar um dos vigilantes.

Josias passou dois dias observando a portaria de dentro do seu carro. A essa altura da vida Josias tinha experiência suficiente para reconhecer um pouco da personalidade das pessoas com quem lidava. Um dos vigilantes parecia um camarada bastante simplório. De carro, ele seguiu o sujeito quando ele saiu do trabalho e tomou um ônibus na frente do condomínio. O vigilante morava na periferia de uma das cidades-satélites de Brasília. Quando o ônibus parou e o vigilante desceu, Josias logo estacionou o carro. O rapaz andou um pouco e parou em um bar para tomar uma cerveja. Josias não perdeu tempo e também entrou no bar. Pediu uma cerveja e sentou-se ao lado do vigilante. Não foi difícil iniciar uma conversa. O camarada se chamava Antonio, e o papo correu por um bom tempo. Aquele seria o candidato perfeito de quem Josias poderia tirar informações. Conversaram até anoitecer e se despediram.

No dia seguinte, Josias aproveitou o fato de que Aldemar tinha muitos contatos e, por acaso, um deles ser morador daquele condomínio. Josias pediu para Clarice telefonar para a pessoa informando que o deputado iria mandar uma garrafa de vinho. Aquele era o pretexto para entrar, de preferência numa hora que Antonio estivesse na portaria.

Josias chegou ao condomínio um pouco antes de Antonio sair para o almoço. Foi o próprio Antonio que o atendeu na portaria.

— Oi, Antonio — disse Josias, fingindo uma cara de surpresa. — Você trabalha aqui?

— Oi, seu Josias, faz tempo que trabalho aqui. O que veio fazer nestas bandas?

— Vim entregar um presente para o Sr. Arthur, do número 31, rua das Cerejeiras. Que surpresa encontrar você por aqui!

— Olha, foi por sorte. Eu estava mesmo de saída para o almoço.

— Você vai almoçar onde?

— No refeitório dos funcionários, que fica atrás do prédio da administração.

— Se você quiser, eu te levo até lá. Eu não tenho horário para entregar o presente.

— Então pode estacionar ali em frente que eu já vou sair. Só vou avisar o meu colega que está assumindo a guarita, e ele também vai avisar na casa do sr. Arthur que alguém vai fazer uma entrega lá.

Logo depois Antonio entrou no carro e eles seguiram até o refeitório. Nesse meio tempo Josias entabulou a conversa que tinha planejado.

— Sabe, Antonio, parece até que estou com muita sorte. Eu trabalho para o deputado Aldemar e ele está precisando encontrar uma conhecida que deve ser aqui do condomínio, mas não tem mais o endereço dela. Por acaso eu tenho umas fotos dela aqui. — Josias passou a foto da falsa jornalista para Antonio.

— Olha, Josias, esta cara até parece uma que andou uns dias por aqui, mas a gente sempre olha a pessoa dentro do carro e é difícil ter uma visão boa. De qualquer jeito, a cara que eu vi tinha um cabelo e olhos diferentes. Acho que não era a mesma pessoa.

— Está certo, Antonio. Pode até não ser a mesma pessoa, mas de qualquer forma o deputado Aldemar gostaria muito de se encontrar com esta mulher da foto. Sabe, além de dever um favor para a garota, parece que ele está enrabichado por ela.

— É — concordou Antonio —, a cara é bem bonita.

— Sem dúvida. Será que você não poderia ficar com algumas fotos dela e perguntar para as pessoas do condomínio se a conhecem?

— Pode até ser, mas veja que os proprietários das casas passam pela guarita sem parar, e a gente nem conversa com eles.

— Eu sei, Antonio, mas sempre tem uma empregada, ou um jardineiro, ou qualquer outro funcionário. Pode ser qualquer um com quem você converse e que talvez possa ter visto a moça.

— É, isto até pode ser mesmo — disse Antonio.

— Então vamos fazer o seguinte: vou deixar várias fotos contigo e você pode distribuir para quem quiser. Eu tenho muitas cópias, portanto não se preocupe em distribuir por aí. Digo mais, se você tiver informações sobre a moça, o deputado Aldemar vai ficar tão contente que poderá lhe dar uma boa recompensa. Tenho certeza disso.

Antonio deu um sorriso, pensando que qualquer presente seria muito bem-vindo. Ele pegou o monte de fotos e disse que ia ajudar a procurar a moça.

Josias passou um cartão com todos os telefones que ele poderia ligar caso tivesse alguma informação. Eles se deram as mãos. Antonio foi para o refeitório e Josias foi entregar a encomenda ao deputado. "Aquele vinho tinha valido a pena", pensou Josias. Antonio era realmente simplório, como ele tinha percebido. O vigilante nem tinha se preocupado com a coincidência do encontro ou com o fato de Josias andar com fotos prontas para procurar alguém no condomínio. Tinha sido uma estratégia quase infantil, mas parecia ser a melhor maneira para encontrar a jornalista.

17. Nelson e Simone

No dia seguinte Antonio começou a perguntar ao pessoal que trabalhava nas casas do condomínio se eles conheciam a moça da foto. Ao cumprimentar os funcionários que passavam pela portaria, ele puxava uma conversa, e lá ia uma foto. Dois dias depois de Josias ter deixado as fotos, ele conversou com Zefa, uma das empregadas que trabalhavam ali.

— Oi, Zefinha. Vem cá, por favor.

— Que foi, Antonio? Eu estou com pressa.

— É só para olhar uma foto. Para ver se você conhece uma pessoa.

— Ô, Antonio, eu não tenho nada a ver com o peixe.

— Não tem nada de mais, é um favor para um deputado que está querendo encontrar esta pessoa. Você até me ajuda com isso. Este deputado é um tal de Aldemar e está precisando mesmo achar essa mulher.

Zefa chegou perto e olhou a imagem.

— A moça da foto parece com a dona Paula, amiga do dr. Nelson e da dra. Simone. Está muito parecida mesmo! Antonio, você pode me dar uma cópia desta foto para eu mostrar para a patroa?

— Pode levar a foto. Se for alguém que eles conhecem, você me avisa?
— Está bem, Antonio. Até mais.
— Tchau, Zefinha. E lembra que você pode me ajudar muito se der uma informação sobre essa cara.

Zefa foi embora e logo chegou à casa de Simone.
— Bom dia, doutora — cumprimentou Zefa.
— Bom dia, Zefa — respondeu Simone. — Eu já estava de saída. Como você está?
— Tudo bem, doutora. Quando eu passei na portaria hoje me deram uma foto de uma moça que um deputado está querendo encontrar. Eu trouxe para a senhora ver. Ela parece a dona Paula, que já passou por aqui.

Simone pegou a foto e reconheceu sua amiga imediatamente, mas ficou um pouco assustada. Tirando o cabelo e os olhos, aquela parecia mesmo ser Paula, e o que confirmava era a roupa que a jovem vestia. Mas por que ela estava daquele jeito? Provavelmente um homem não se atentaria para esses detalhes, mas Simone era uma mulher bastante observadora. Ela não tinha dúvidas de que aquela foto era de Paula usando uma peruca. No mesmo instante, a cabeça dela começou a fervilhar.

— Zefa, qual é o deputado que está interessado nessa moça?
— Acho que o porteiro Antonio disse que o nome do deputado é Aldemar.

Simone era uma advogada atuante em um escritório importante de Brasília. Ela conhecia tudo o que ocorria nos subterrâneos da Câmara, conhecia a fama de Aldemar e o que tinha ocorrido com ele nos últimos dias. Ela estava começando a ficar cada vez mais nervosa ao imaginar por que Aldemar estava atrás daquela moça da foto. O que Paula tinha feito? Ela tinha usado a casa deles como ponto de parada no meio dessa confusão? Por que ela não tinha falado nada? Mas se Paula tivesse contado o que pretendia fazer, o que Simone teria feito? Ela não tinha certeza se teria concordado com as tramoias em que ela estivesse envolvida.

Simone não poderia adiar tudo o que tinha para fazer naquele dia. Mas, antes de sair de casa, pegou o telefone e ligou para o marido. Nelson atendeu, mas não teve tempo para falar. Simone foi logo berrando:

— Assim que você sair do trabalho hoje venha para casa o mais rápido possível. Nós temos que conversar!

— Qual o problema, Simone? — respondeu Nelson, assustado.

— Agora não dá para falar, mas é sobre a Paula.

— Paula? O que ela? Aconteceu alguma coisa?

— Não, ela está bem. Eu é que não estou. Não adianta discutir nada agora, só peço para você chegar cedo hoje e ponto! Tchau!

Simone desligou o telefone e Nelson ficou sem entender nada. Mas ele faria tudo para chegar em casa o mais breve possível.

Antes de sair, Simone chamou Zefa e ordenou:

— Você não vai falar com ninguém sobre esta foto. Se te perguntarem alguma coisa, você diz que nunca viu, não conhece, não quer saber! Entendeu, Zefa?

— Claro, dona Simone, não precisa ficar preocupada.

— Tudo bem, depois eu explico por que estou falando isto. Fica tranquila que, se você ficar quieta sobre a foto, nós vamos te agradecer muito. Mas você não pode falar nada sobre ela com ninguém mesmo.

Zefa estranhou o comportamento, mas antes que pudesse pensar em algo mais Simone saiu batendo a porta.

* * *

Nelson chegou em casa no começo da noite. Ao entrar, viu Simone sentada na sala bebendo uma taça de vinho, e notou que ela parecia nervosa.

— Oi, querida. O que foi que aconteceu?

— Hoje de manhã a Zefa apareceu com uma foto que entregaram para ela na portaria. — respondeu Simone, então passou a foto para ele. — Dê uma olhada nisto!

— Oras, parece a Paula.

— Com certeza é a Paula.

— E como isto foi parar na mão da Zefa?

— Parece que um camarada enviado pelo deputado Aldemar, que você sabe muito bem quem é, deixou várias fotos como essa na portaria e está procurando por essa pessoa. Como você deve saber, porque já correu por todos os cantos, o deputado Aldemar foi pego numa arapuca por uma garota e está atrás dela. Só pode ser a Paula!

— Simone, você está voando com a imaginação.

— Não! É só juntar os pontos. Isso saiu em tudo quanto é jornal e todos os políticos, advogados, lixeiros e sei mais o quê de Brasília já estão sabendo da história. Além do mais, Paula aparece disfarçada e bate com o tipo da garota da qual se está ouvindo falar. Provavelmente o Aldemar está mandando um capanga para encontrar a garota. Isso vai dar merda, e eu não quero estar envolvida.

Nelson teve que concordar. A garota da foto era mesmo Paula. Ele começou a lembrar das conversas loucas entre ela e Ricardo quando se encontraram pela última vez. Será que aqueles doidos tinham armado aquele plano? Será que eles não tinham consciência do que Aldemar, que estava na mira do Ministério Público, e seu grupo eram capazes? O pior é que ele sabia muito sobre as conexões do deputado, que não passava de um peixe pequeno, ou seja, era quem fazia o trabalho sujo, enquanto os peixes maiores eram pouco conhecidos e não caíam na boca do povo.

Nelson se virou para Simone e pediu para ela ficar calma.

— Querida, me dê algum tempo para descobrir o que aconteceu. Não comente nada com ninguém, e eu creio que você já deve ter pedido o mesmo para a Zefa. Fique certa de que nada de mal vai acontecer com a gente ou com a Paula.

— Tudo bem, mas eu gostaria que você conseguisse descobrir o mais breve possível o que está ocorrendo e desse um jeito para que nenhum capanga de deputado venha bater na nossa porta. Também estou preocupada com a Paula, mas ela é grande o suficiente para saber no que se meteu.

Nelson entendeu muito bem a preocupação de Simone. Ela tinha tido uma vida muito dura. Matou-se de trabalhar e estudar e, após ter se formado em direito, pulou de trabalho em trabalho até conquistar o emprego atual. Hoje era uma advogada reconhecida em um grande escritório de advocacia de Brasília. O problema era que esse escritório atendia muito o meio político, e com qualquer deslize ela poderia ser colocada de lado. Em uma terra onde se pode ganhar e perder dinheiro e emprego muito rapidamente, onde não dá para saber como será o dia seguinte, não é de se estranhar que Simone ficasse desesperada em perder a posição que ocupava. Para isso, bastaria um pedido de algum político influente junto à direção da empresa. Simone tinha o receio comum da classe média que batalhou para alcançar uma boa posição, o medo de que, por causa do país de merda onde não se sabe o futuro da economia, tudo poderia ir pelos ares em segundos.

Por horas Nelson ficou pensando no caso de Aldemar e em como Paula tinha entrado naquela encrenca. Aquilo tinha que ter um dedo de Ricardo, e talvez até de alguém mais da antiga turma. Nelson foi deitar tarde, quando Simone já estava dormindo, mas não conseguia pegar no sono. Virava de um lado para o outro, até que resolveu levantar. Refletiu sobre tudo o que sabia sobre o grupo político de Aldemar. Se Paula tivesse a noção de com quem ela estava se metendo, talvez não tivesse começado aquele golpe. Aldemar era pau-mandado do ministro, e este, que vários de seus colegas advogados e do Ministério Público gostariam de ver na cadeia, era o real homem de perigo naquele jogo. O deputado Aldemar não era mais do que a figura do atraso do país, o político dono de curral eleitoral, que se aproveitava da ignorância do povo inculto. Mas o ministro...

    Decidiu telefonar para Ricardo, mesmo que fosse tarde. Para Paula, ligaria logo pela manhã.

18. Nelson e Ricardo

Ricardo despertou assustado com o telefonema. Naquela hora da madrugada só podia ser desgraça.

— Alô?

— Ricardo, aqui é o Nelson.

— Cara, o que foi que aconteceu? Simone está bem?

— Com a gente está tudo bem. O problema é o que está acontecendo com Paula.

— Do que você está falando? Aconteceu alguma coisa com ela?

— Você sabe muito bem do que estou falando. Eu não tenho dúvidas de que você colocou a Paula em uma enrascada com um deputado aqui de Brasília.

— Vai com calma, Nelson. O que você está querendo dizer?

— Ricardo, você sabe muito bem o que ocorreu com o deputado Aldemar!

Ricardo não tinha mais o que enrolar. Estava claro que, por alguma razão, Nelson estava sabendo de alguma coisa sobre o golpe aplicado em Aldemar.

— Ok — confirmou Ricardo. — Eu estou por dentro do que ocorreu com o deputado Aldemar. Nós armamos tudo o que aconteceu com aquele corrupto.

— E foi sua a ideia de colocar a Paula nessa enrascada?

— Nelson, vá direto ao assunto. O que você está sabendo sobre esse caso e o que você quer de mim?

— Pois bem. Um capanga do deputado Aldemar apareceu aqui no condomínio com fotos da Paula. Na verdade, ele distribuiu essas fotos na portaria. Não sei como chegou até aqui, mas a nossa faxineira pegou uma cópia e achou que era parecida com a Paula. Na foto ela está com uma peruca e um tanto diferente, mas Simone não teve dúvidas ao reconhecer a garota. Aliás, é a Paula mesmo. Simone pediu para a Zefa não comentar nada e eu creio que ela não vai contar mesmo. Ainda assim, existe sempre uma possibilidade de que esse camarada acabe descobrindo algum dado sobre a Paula. Isto é uma loucura! Não sei o que esse pessoal pode fazer. Simone ficou muito preocupada com a gente, mas já está mais tranquila e até acha que o ocorrido com o deputado foi merecido.

— Olha, Nelson, nós realmente planejamos tudo o que aconteceu. Eu não queria envolver a Paula, mas você a conhece muito bem. Ela virou uma mulher aguerrida e forte e se coloca alguma coisa na cabeça não há como tirar. De qualquer forma eu não creio que você tenha que se preocupar, pois o esquema foi muito bem armado e duvido que alguém consiga achar alguma pista. — Então Ricardo começou a contar em detalhes o que ele e Paula tinham feito com o parlamentar.

— Ricardo, a Simone está bem preocupada com isto e sempre existe a possibilidade de um dia a Paula vir nos visitar. E mesmo que demore, nunca se sabe se haverá alguém de campana observando o condomínio. Nós temos que conversar sobre isto com ela. Eu também acho que foi um belo golpe. Tanto eu quanto a Simone queremos que o Aldemar se ferre. Por outro lado, eu posso lhe garantir que ele é um peixe pequeno, pois mesmo que você pense que ele tem grande força na Câmara, existe um patamar acima, e quem está nesse nível é quem realmente dita as regras. A gente pode até destruir uma série de Aldemares, porém eles não são a maior praga, tem alguém na cúpula que faz os verdadeiros estragos e nem sei se é um só. Veja, Ricardo, eu sei que há um conjunto de homens da Polícia Federal, da Procuradoria e alguns juízes que estão trabalhando para ter provas sobre as grandes sacanagens feitas neste país, perto das quais Aldemar é apenas um office boy, concordo que de um tipo terrível, mas apenas mais uma engrenagem nesse sistema sujo. Simone e eu até gostaríamos que os principais pilantras fossem presos, mas não é uma coisa fácil de conseguir.

— Ok, Nelson — respondeu Ricardo. — Mas o que a gente pode fazer, então? Se quebrarmos uma ou outra engrenagem talvez o sistema se quebre com o tempo. Esse golpe que nós aplicamos é só uma pequena tentativa de desgastar esse ninho de corruptos.

— Talvez sim, talvez não. Ricardo, a primeira coisa que quero fazer amanhã é falar com a Paula. Ela não deve aparecer por aqui até sabermos melhor o que está acontecendo. Amanhã falo com a Zefa e garanto que ela não vá passar nenhuma informação, para afastar qualquer possibilidade de nos relacionarem à pessoa da foto. Isto deixará Simone um pouco mais tranquila. Por incrível que pareça, eu até comecei a pensar que podemos tirar algum proveito desse golpe. Mas antes eu gostaria de fazer uma reunião com toda nossa turma, pela internet mesmo. Marcelo e Sérgio possuem conhecimentos que serão úteis para o plano que estou imaginando. E a Paula pode ser uma peça-chave em tudo o que está passando pela minha cabeça.

— Nelson — disse Ricardo, espantado. — Primeiro, você me telefona me recriminando, e agora vem com planos novos! Não dá para entender.

— Eu sei. Fique tranquilo, quando nos comunicarmos eu vou explicar tudo. Primeiro, quero deixar Paula avisada e em segurança. Também quero acalmar a Simone. Então começamos a discutir com mais detalhes. A vantagem de planejar algo com o nosso grupo é que, exceto eu, os demais não estão ligados a ninguém aqui da capital, e aqui não dá para acreditar em muita gente. Qualquer um pode vender a alma para conseguir um bom cargo, às vezes apenas uma nomeação em um conselho de alguma estatal, o que dá um bom dinheiro em troca de muito pouco trabalho, ou então algum favor que gere alguma fortuna no exterior. Dá para confiar em poucos, e alguns deles serão importantes, se o que estou pensando der algum resultado.

— Ok, Nelson, no momento eu estou querendo dormir.

— Eu também. Mas me faça um favor: telefone amanhã para o Marcelo e o Sérgio. Eu vou telefonar para a Paula. Vamos tentar marcar uma conferência pela internet e aí discutimos o que pode ser feito.

— Está certo — respondeu Ricardo. — Amanhã é outro dia e eu vejo isto. Boa noite, Nelson. Ou melhor, bom dia!

— Boa noite — disse Nelson antes de desligar o telefone.

* * *

Nelson e Simone acordaram cedo. Nelson estava sentindo um pouco de dor de cabeça. Arrumaram-se para o trabalho, prepararam o café e conversaram sobre o caso do capanga de Aldemar.

— Simone, você não precisa ficar muito preocupada com isso. Eu conversei com o Ricardo ontem à noite e vou conversar com a Paula agora pela manhã. Foram eles que aprontaram para o deputado Aldemar, mas eu creio que foi tudo muito bem armado. E se a Zefa não contar nada, não temos nada a temer.

— Ok, Nelson. Na verdade, eu já estou um pouco mais tranquila, mas é bom você se certificar de que tudo está mesmo sob controle.

— Pode ficar tranquila, querida. Mas eu falei algumas coisas com o Ricardo e talvez a gente reúna a turma antiga para tirar algum proveito dessa situação, pois sei muito mais podres dessa cambada, e Aldemar, como eu disse para o Ricardo, é apenas um peixe pequeno. Quem sabe podemos pegar um maior?

— Nelson, você está regredindo aos tempos de juventude rebelde? Deixe o pessoal da polícia ir atrás desses bandidos.

— Eu não tenho conversado muito sobre isto contigo, mas nem a Polícia Federal, nem os procuradores possuem provas suficientes para engaiolar esse pessoal.

— E o risco que você pode correr mexendo nesse vespeiro?

— Eu estou com algumas ideias que não são triviais, e podemos até levar alguma vantagem nisso.

— Nelson, eu não quero perder a vida confortável que temos e que levamos muito tempo para conquistar.

— Não se preocupe, querida. Na pior das hipóteses nós saímos do país, que é o que muitas das pessoas com recursos estão fazendo. Talvez no futuro sobrem aqui só os políticos pilantras e aqueles sem condições de sobreviver noutro local. Partir para outro país não é o que muitos dos nossos conhecidos estão fazendo? Aquela sua prima que foi para Portugal, ela não está feliz da vida por lá?

— Ok, mas vamos discutindo tudo o que acontece. Não vou querer acordar alguma hora num turbilhão de encrencas.

Simone deu um beijo em Nelson. Então pegou suas coisas e partiu para o trabalho.

Imediatamente Nelson ligou para Paula. Uma voz feminina atendeu a ligação.

— Alô?

— Paula?

— Não, quem quer falar com ela?

— É Nelson, de Brasília.

— Oi, Nelson, é Sueli. Quanto tempo que não nos falamos. Paula disse que andou por aí e vocês a receberam muito bem.

— Foi um prazer ter a Paula aqui, e é bom falar com você novamente. Como estão as coisas? Você está bem?

— Eu estou velha, Nelson, mas nunca tive uma vida melhor. Tomo conta do dia a dia da fazenda e Paula me ajuda cuidando dos negócios. Está tudo muito bem. Só me preocupo por ela, que está sempre trabalhando e correndo. Vocês ajudaram muito essa menina a crescer para o mundo, mas também ajudaram a torná-la muito independente e confiante. Às vezes eu gostaria que ela tivesse uma vida mais simples e ficasse um pouco mais comigo.

— Eu posso imaginar — disse Nelson. — Mas acho que ela está contente com a vida que leva. Lembre-se de que você criou uma filha para o mundo, e não para ficar agarrada na sua saia.

— Também acho isto, Nelson, mas gostaria de ver ela casada e me dando alguns netos.

Eles riram e Nelson, para encurtar, disse que gostaria de fazer uma visita para elas assim que fosse possível, mas que precisava falar com a Paula.

Paula estava no escritório e atendeu a extensão do telefone quando Sueli berrou que Nelson queria falar com ela.

— Bom dia, Nelson! Tudo bem por aí?

— Bom dia, Paula. Tudo mais ou menos.

— O que houve?

— Eu tive uma longa conversa com o Ricardo e ele me contou todo o esquema que vocês aprontaram para o deputado Aldemar.

— Como você ficou sabendo disso? — disse Paula, surpresa.

Nelson contou rapidamente tudo o que tinha acontecido. Falou sobre a visita do camarada que trabalhava para Aldemar ao condomínio e disse que ela não deveria aparecer por lá enquanto aquele assunto não estivesse resolvido.

— Ok — assentiu Paula. — Acho que fiz uma ligação para Ricardo quando estive no condomínio logo no primeiro dia que cheguei a Brasília. Eu não sei como, mas essa ligação deve ter sido rastreada.

— Essa turma é esperta e tem dinheiro para obter qualquer informação — disse Nelson. — Mas andei pensando que algo poderia ser feito para enrolar ainda mais o Aldemar e, se tivermos sorte, pegar um peixe grande no mar de corruptos.

Paula já estava ansiosa.

— Que diabos você andou pensando?

— Programei uma conferência via internet com nossa turma da pensão da dona Rosa. Cada um de nós tem algum conhecimento específico que pode ajudar no que estou pensando, e isto também envolve você. Ricardo vai contatar Marcelo e Sérgio, e essa conferência vai ter que ser feita com todo cuidado e segurança para não termos nenhum vazamento. É importante que você não apareça aqui por um tempo, e se for necessário cada um de nós poderá ir até aí, se você concordar, para traçarmos um plano para encurralar Aldemar ainda mais e, principalmente, o peixe grande de que falei.

— Sem problema, vamos nessa! Para dizer a verdade, eu tremi durante esse esquema todo, mas devo dizer que ao terminar o golpe eu me senti muito bem. Aliás, me senti poderosa!

— Posso até entender, Paula. Mas isso não é uma brincadeira e tempos atrás eu não me arriscaria num jogo desses. Nem acredito que essa seja a maneira certa de se mudar este país, mas está difícil de ver as coisas mudarem realmente. Talvez, como o Ricardo disse tempos atrás, de uma forma errada a gente possa fazer uma diferença.

— Está certo. A gente vai se falando e eu aguardo o contato de vocês. Beijos e mande um abraço para a Simone.

— Pode deixar. Tchau, menina.

19. Os amigos II

A conferência via internet estava programada para as nove horas da noite. Todos foram alertados para se certificarem de que seus computadores não tivessem vírus e checassem se não havia ninguém por perto.

Nelson iniciou a conversa e pediu para que Ricardo explicasse para todos o que ele e Paula tinham aprontado com o deputado Aldemar. Conforme Ricardo explicava o caso, Sérgio e Marcelo soltavam exclamações de espanto.

— Paula, você ficou biruta? — perguntou Sérgio, estupefato.

— Sérgio, não era você o nosso agitador revolucionário? — rebateu Paula. — Por que esse espanto?

— Pois é, Paula. Agora eu tenho família!

— Concordo que a família traz outra visão da vida, mas sei o quanto você ainda discorda do que acontece por aí, não é?

— Sem dúvidas — replicou Sérgio. — Guardo uma bronca no meu coração com toda essa sujeira, mas já não sou mais capaz de abrir o peito para levar bala.

Nelson interrompeu a conversa e lembrou os amigos dos últimos fatos, enfatizando que eles tinham um capanga do Aldemar atrás de Paula, mas que a probabilidade daquele camarada conseguir mais informações sobre ela era muito pequena. Nelson admitiu que Ricardo e Paula tinham feito todo o planejamento do golpe com muito esmero.

— Mas qual é a razão desta discussão agora? — perguntou Marcelo.

— O fato é que a Simone e eu ficamos muito preocupados ao tomar conhecimento do que eles tinham feito. — respondeu Nelson. — Porém, eu comecei a pensar que poderíamos tirar proveito disso tudo e conseguir abocanhar um peixe muito maior que o Aldemar.

— Eu ainda não entendi o que nós temos a ver com isso — disse Marcelo.

Nelson continuou:

— Eu e Simone temos contato com o meio político de Brasília e temos conhecimento de muitos dos trambiques que ocorrem por lá, apesar de não estarmos envolvidos no ambiente mais podre da capital. Além disso, o nosso insuspeito grupo sabe que poderá ser muito útil para a jogada que estou querendo propor. Somos independentes da Polícia Federal e do Ministério Público, que não estão conseguindo provas suficientes contra a figura central da corrupção na capital. Eu tenho uma informação privilegiada sobre o ministro que realmente manda no país e comecei a pensar em um plano que pode atingi-lo.

— Quem é o camarada? — perguntou Sérgio.

— Eu não quero citar o nome agora. — disse Nelson. — Aliás, nem vamos citar outros nomes exceto os que já foram falados, tudo bem? Mas tem um fator importante: Aldemar é a chave para quebrar os segredos do ministro. Paula é uma participante fundamental para dominarmos Aldemar. Vocês, Marcelo e Sérgio, são especialistas em tecnologia e vão auxiliar a criar o programa de computador que derrubará o ministro.

E Ricardo, com toda a maquinação mental que preparou o primeiro plano, vai ajudar com os detalhes do novo plano. A pergunta é: vocês querem participar disso?

Paula foi a primeira a responder:

— Eu estou dentro, e nem poderia estar fora, depois de tudo o que aconteceu. Eu já tinha falado com Nelson que eu tremi muito ao aplicar o golpe no Aldemar, mas saí com uma força incrível, e só fico chateada porque o capanga dele conseguiu me rastrear até o condomínio do Nelson.

Ricardo foi o seguinte.

— Eu também estou dentro. Na verdade, eu já tinha parado de pensar nisso tudo, achando que só o fato de desmoralizar o Aldemar tinha sido um grande feito. Mas se for possível ir além, eu não tenho dúvidas em participar.

Nelson interveio:

— Marcelo e Sérgio, vocês serão os que menos vão se expor. O que imaginei é vocês arrumarem um programa de computador que, quando inserido no aparelho do ministro, consiga extrair uma série de dados. Se der certo, vai ser possível acessar uma provável conta bancária que ele tem no exterior. Vocês dois são os experts em computação e nós não temos ninguém mais para fazer o programa que vamos precisar. Nós vamos usar a Paula para enrolar o Aldemar. Também vou contar com a ajuda de dois policiais federais que conheço e que são de inteira confiança.

Marcelo e Sérgio concordaram em participar. No entanto, Sérgio questionou os demais:

— Como é esse plano? Como vocês pretendem ter acesso ao computador desse ministro? Isdo vai ser feito remotamente?

— Não, rapazes — explicou Nelson. — Se tudo der certo, nós teremos acesso direto ao computador pessoal do ministro.

— Eu nem imagino como você pretende obter esse acesso — disse Marcelo. — Mas se isto for possível, certamente não será complicado instalar um vírus ou programa que obtenha os dados dele.

— Os outros detalhes só serão discutidos depois — disse Nelson. — Sei que todos devem estar ansiosos para saber mais, porém a partir de agora nós passaremos a nos encontrar pessoalmente. De vez em quando poderemos nos comunicar pela internet, e somente quando estritamente necessário nos comunicaremos por telefone. Todas as despesas envolvidas serão pagas em dinheiro. Viagens, se possível, feitas de carro próprio. E a maior parte dos encontros pode ser feita na fazenda da Paula, se ela concordar.

— Pode contar com isso — concordou Paula. — Minha mãe vai ficar contente em ver vocês por lá. Só não contem nada do que estamos fazendo, porque ela ficou muito careta depois de velha. Vocês conseguem imaginar Sueli Pistola toda certinha e preocupada com a filha?

Os amigos riram. Nada como o tempo para mudar as ideias.

— Vamos lá! — disse Sérgio. — Já que tudo neste país é incerto, onde parece que nada muda, vai ser muito bom agitar as coisas, pois pior do que está não vai ficar.

— Então estamos acertados — disse Nelson. — Para o próximo passo Ricardo e eu iremos nos reunir com Paula na fazenda dela. Paula, se você concordar, Simone e eu vamos passar um fim de semana na sua fazenda. Ricardo, você que mora mais distante, escolha o fim de semana mais próximo possível e dê um jeito de ir para lá.

Ricardo disse que estaria livre para viajar já no fim de semana seguinte. Paula avisou que a casa estaria pronta, além do churrasco, é claro.

— Ok, pessoal. Acho que está tudo marcado. A gente vai se comunicando, sempre com muito cuidado. Um grande abraço para todos — concluiu Nelson. Todos se despediram, finalizando a conferência.

Nelson pensou que teria que ter uma longa conversa com Simone a respeito do que teriam que fazer. Ela ficaria um bocado preocupada, mas ele tinha quase certeza de que no fim ela concordaria com tudo e talvez até ajudasse com o planejamento.

Enquanto isto, em São Paulo, Ricardo não só já pensava na viagem do fim de semana, como planejava uma forma de encurralar o deputado Aldemar mais ainda.

Aquela conversa tinha funcionado como um poderoso estimulante para todos. Eles certamente não iriam dormir direito nos próximos dias.

20. Nelson, Ricardo e Paula

Na sexta-feira seguinte Ricardo desembarcou no aeroporto de Brasília. Nelson e Simone esperavam por ele.

— E aí, seu pilantra — disse Nelson quando viu o amigo saindo da área de desembarque. — Como vai essa vida?

— Tudo em ordem! — respondeu Ricardo.

Eles se abraçaram. Simone deu um beijo em Ricardo, e todos partiram para a residência do casal. Nelson já tinha discutido com Simone tudo o que eles estavam planejando. Ela estava com um sentimento misto de preocupação e excitação. Simone sempre trabalhou e lutou para ser o mais profissional e honesta possível e estava cansada de ver a pilantragem prosperar no país. Parecia que os honestos estavam todos errados. Algo tinha que ser feito.

Durante o jantar, Nelson explicou que o plano era implicar Aldemar mais ainda, e nisto Paula ajudaria. No entanto, até aquele momento, Nelson não conseguira pensar em outra alternativa que não precisasse da cooperação do capanga de Aldemar.

— Mas isso é muito complicado — disse Ricardo. — Nós nem conhecemos o camarada. Como vamos fazer com que ele coopere?

— Você está certo, mas o ponto central é o dinheiro. O camarada que está atrás da Paula deve estar fazendo isso por dinheiro. Nós vamos oferecer mais para ele do que ele deve estar recebendo do deputado. Simples assim.

— Simples? De onde vamos tirar o dinheiro? — perguntou Ricardo.

— Depois eu conto como vamos conseguir isso — disse Nelson sorrindo. — A única coisa que temos que fazer é deixá-lo numa situação tão enrolada que ele vai entregar tudo. Pensei que poderíamos obter uma prova dele como criminoso.

— Nelson, só faltava uma coisa dessas! Você acha que o cara vai aprontar algo assim?

— Talvez se ele for flagrado matando alguém. O que você acha? Ele poderia ser pego como o assassino de Paula.

— Agora acho que você ficou doido mesmo, e me fez vir de São Paulo para isso.

— Não! Não vai ser uma morte real, ele só precisa pensar que cometeu um crime, para o qual vão existir testemunhas. Mas só vou contar o resto amanhã, quando nos encontrarmos com Paula — encerrou Nelson.

Simone, que já conhecia um pouco do plano do marido, estava um tanto assustada, mas encheu as taças de vinho e propôs um brinde aos amigos loucos.

Na manhã seguinte eles partiram de carro para a fazenda de Paula. A viagem não foi muito longa e pouco antes da hora do almoço eles chegaram à cidadezinha do interior de Goiás. A fazenda não ficava muito longe do centro, e logo eles passaram pela porteira da propriedade.

Logo na entrada, foram recebidos por Sueli, que deu um beijo em todos. Sueli foi apresentada à Simone, que ela ainda não conhecia. A antiga moradora da pensão da dona Rosa estava encantada por ver os "jovens" agora bastante crescidos.

— Ricardo, como você está? — perguntou Sueli. — Faz muito tempo que não nos vemos.

— Estou levando a vida, Sueli. E vejo que você está muito bem. Deve ainda arrebentar alguns corações por aí, não?

— Só se forem corações velhos, Ricardo. Eu posso dizer que estou aposentada; e mais: não largo minha vida aqui na fazenda por nada. Encontrei a minha paz de espírito e agora só me preocupo mesmo é com a Paula — disse Sueli. Então, dirigindo-se para Nelson, perguntou: — E vocês, como estão? Como vocês moram perto da nossa cidade, eu acho que poderiam ter vindo antes para cá.

— Eu sei, Sueli — concordou Nelson. — Mas o trabalho toma todo nosso tempo, e no fim de semana a gente fica até com preguiça de pegar o carro. No entanto, a gente deveria ter vindo mesmo, pois o lugar de vocês aqui é tão simpático que já quero vir mais vezes.

Neste momento Paula apareceu de dentro da casa e cumprimentou os amigos.

— Pessoal, vamos entrando e deixem a bagagem já no quarto de vocês. — Paula indicou um corredor à direita. — Ricardo, o seu quarto é o primeiro, Nelson e Simone ficam no segundo. Depois venham para a cozinha aí em frente que já deixei uns petiscos e bebidas para comemorarmos.

Ricardo foi entrando e avisou que eles tinham muito o que conversar. Nisso, sem que Sueli visse, Paula colocou o dedo indicador sobre a boca, indicando que a mãe não deveria ouvir nada do que estavam planejando.

Ricardo deixou sua mochila no quarto e foi o primeiro a entrar na cozinha. Logo depois veio o casal, e começaram a conversar trivialidades, lembrando coisas do passado, beliscando uns salgadinhos enquanto tomavam uma caipirinha. A conversa ia longe e, a certa altura, Paula se dirigiu à Sueli:

— Mãe, não seria bom ver como anda a preparação para o churrasco lá fora?

— Tem razão, Paula — concordou Sueli. — Rapazes, se vocês não se importarem, vou tomar conta das coisas lá fora e aviso quando for a hora de vocês irem comer. Depois do almoço eu quero levar vocês para passear pela fazenda.

— Isso eu quero mesmo, Sueli. Até ouvi dizer que você trata os peões no laço — disse Ricardo, brincando.

Sueli riu.

— Eu sou a mãe deles, menino, e nada mais! — disse ela, saindo pela porta da cozinha.

Assim que Sueli saiu, Nelson começou a falar sobre o plano. A primeira coisa que teriam que fazer era dar uma pista ao capanga de Aldemar sobre o paradeiro Paula. Nelson pediria para Zefa conversar com o vigilante da portaria dizendo que talvez ela tivesse uma dica da mulher que o capanga procurava, que ele deveria procurar por ela na casa de Nelson e Simone. Quando o camarada chegasse, seria Nelson quem o estaria esperando. Aí tudo dependeria da conversa que eles teriam, e do quanto de dinheiro seria necessário para ele topar ajudar a enrolar o Aldemar.

Ricardo interrompeu Nelson, dizendo que aquele era o ponto que ele não entendia desde o começo. De onde iriam tirar o dinheiro?

— Do próprio Aldemar — respondeu Nelson. — Eu creio que se esse capanga nos ajudar a aplicar um golpe no chefe dele, nós conseguiremos tirar um bom dinheiro do deputado, que deve ter uma conta recheada no exterior. Não estou propondo que apliquemos um golpe só para ganhar dinheiro, mas para ajudar a pegar o peixe maior e subvencionar as despesas que teremos. A primeira coisa que temos que fazer é convencer o capanga a participar do nosso plano. Se isso acontecer, a

Paula entra no negócio. Combinamos com o capanga para levá-la ao deputado Aldemar. Eu imagino que o deputado queira matar a mulher que o enrolou, então vamos tirar proveito disso. Se conseguirmos encenar o assassinato de Paula pelo Aldemar, com filmagem e talvez até testemunhas, ele estaria em nossas mãos. Para encobrir o assassinato, ele pagaria muito e ainda faria o que estou imaginando, que seria entregar dados sobre o ministro.

— Opa! — exclamou Paula. — Eu posso entrar na brincadeira, mas essa coisa de assassinato está tenebrosa.

— Calma — disse Nelson. — Estou pensando que o capanga pode te levar amarrada para Aldemar e entregar uma arma para o deputado. Ele vai falar que a arma está carregada com balas de festim, e vão estar mesmo. O objetivo é o Aldemar querer te dar um susto. Se toda a situação for estressante o bastante, e você ajudar nisso, o deputado vai atirar em você. Só que tudo vai ocorrer como nos filmes. As balas serão de festim, mas você estará com duas bolsas de sangue falso sob a camisa, para fingir que foi baleada. Tudo será encenado como se fosse real, o capanga vai berrar também, e tudo será filmado.

— Mas vai ser necessária toda uma encenação mesmo! — disse Paula. — O capanga vai simplesmente me levar ao deputado? Como isto vai ser testemunhado?

— Nós iremos simular um sequestro — continuou Nelson. — Depois do que você aprontou para o deputado, seria natural que você se preocupasse com sua segurança. Se o capanga de Aldemar atuar conosco, ele poderá comentar com o deputado sobre isso. É claro que essa segurança não vai ser necessária agora, mas ela poderá aparecer no momento oportuno para que sirvam de testemunhas do falso assassinato.

— Como explicar essa segurança chegando assim sem mais nem menos? — perguntou Ricardo.

— E quem fará o papel de segurança? — emendou Paula.

— Conheço dois agentes da polícia que irão se passar por seus seguranças, Paula. Eles saberão que você foi sequestrada, porque diremos que você carrega um localizador em sua roupa, e deverão aparecer de surpresa na hora que Aldemar atirar. Ou seja, teremos que encenar uma situação que deixe Aldemar com somente duas saídas: ou ele vai preso em flagrante por assassinato, ou entra em acordo conosco para que a gente faça o corpo da Paula desaparecer. Duvido muito que ele vai concordar em ser preso, então terá que nos fazer alguns favores.

— Ok, isto faz algum sentido — disse Ricardo. — Mas precisa ser tudo muito bem planejado. Cada detalhe deverá ser bem pensado, e tudo isso vai depender do maldito empregado do Aldemar.

— Sem dúvida — concordou Nelson. — Este é o ponto delicado do plano. Se ele aceitar o trabalho em troca do dinheiro no exterior que o Aldemar poderá levantar para nós, ele ficará bem de vida e nós poderemos passar para a segunda fase do plano. Isto implicará que o Aldemar, em troca da liberdade, nos ajude a entrar no computador pessoal do ministro. Sobre essa parte eu já conversei com o Marcelo e o Sérgio. Se Aldemar conseguir usar o computador do ministro só por um instante, ele pode baixar um programa que nos permitirá obter todas as informações que o vigarista tem, e talvez até entrar em contas bancárias que ele possua no exterior! Marcelo falou que isso não seria complicado, porém, pelo que ele conhece, seria necessário ter acesso direto ao computador pessoal do ministro.

— O problema mesmo é o capanga — disse Paula. — Acho que eu poderia ajudar no dia em que você for conversar com o camarada, pois ele vai ter que ser convencido com cuidado.

Além do mais, a gente não sabe se ele vai concordar com tudo. Não existe o perigo de ele inicialmente cooperar com o que vamos propor, e depois nos dar um golpe? Ele sempre pode pedir mais dinheiro ao Aldemar ou então ser muito fiel ao chefe.

— Concordo — disse Nelson. — Esse é nosso maior ponto fraco, mas tudo vai depender da conversa e de tentar conhecer melhor o camarada. Talvez seja interessante se você aparecer depois de eu ter começado a falar com ele. Nós teremos que reconhecer em pouco tempo o quanto ele é confiável, e uma mulher é sempre melhor em perceber o caráter de uma pessoa. A partir desse ponto, o resto será apenas preparação.

— Certo, Nelson. Mas se houver a menor percepção de risco, Paula nem deve aparecer na frente do empregado, e tudo mais será abandonado — disse Ricardo.

— Ok — disseram Paula e Nelson, simultaneamente.

Paula lembrou os amigos que seria melhor irem para a churrasqueira, pois já deviam estar servindo alguns quitutes por lá, sem falar da costela bovina que um dos peões fazia, conhecida em toda a cidade por ser tão deliciosa. Além disso, Sueli também devia estar ansiosa para conversar com os convidados.

O fim de semana seguiu com conversas, bebidas e comidas, mas de tempos em tempos Nelson, Paula e Ricardo pediam para conversar a sós e levantavam mais algumas dúvidas sobre o plano. No fim da tarde de domingo, os amigos se despediram. Nelson, Simone e Ricardo partiram de carro para Brasília. Eles sabiam que agora o plano não tinha mais retorno, e estavam ansiosos para dar partida no jogo.

21. Nelson e Josias

Na manhã de segunda-feira, Nelson esperou Zefa chegar para o serviço.

— Bom dia, Zefinha!

— Bom dia, seu Nelson, como vai?

— Tudo em ordem. Zefa, antes de você pegar no batente, dá para a gente bater um papo?

Zefa olhou com uma cara de preocupada.

— Tem algum problema, seu Nelson?

— Não, fica tranquila. Sabe aquela foto que você mostrou para a Simone, com a mulher que parecia a Paula?

— Sei. A dona Simone até pediu para não falar com ninguém que eu conhecia a moça.

— É isto mesmo. Porém, eu gostaria que agora você falasse que talvez conheça a pessoa da foto. Quem foi que te passou a foto?

— Foi o Antonio, da portaria.

— Então eu gostaria que você fizesse o seguinte: procure o Antonio e fale para ele que você acha que a pessoa da foto é uma conhecida nossa. Diga para ele que o empregado do deputado que entregou a foto pode vir falar com você aqui em casa, mas tem que ser amanhã ou no máximo depois de amanhã, a esta hora mesmo, porque você vai tirar uns dias de férias depois.

— Eu vou ter que tirar férias, seu Nelson?

— Não, Zefa. É apenas para fazer o camarada passar logo por aqui.

— Então pode deixar, seu Nelson. Hoje mesmo eu vou falar com o Antonio e depois eu conto o que aconteceu.

— Muito obrigado, Zefa. Eu já vou sair, mas a Simone ainda está aí. Qualquer coisa você telefona para ela contando como foi a conversa com o Antonio.

— Está certo, seu Nelson. Um bom dia.

— Bom dia para você também, Zefinha.

* * *

Zefa ligou para a portaria do condomínio e descobriu que Antonio estaria lá perto da hora do almoço. Meia hora antes do meio-dia ela foi para a guarita e encontrou Antonio.

— Bom dia, Antonio.

— Bom dia, Zefinha.

— Sabe aquela foto que você me passou uns dias atrás? Eu acho que conheço a pessoa. Acho que ela é uma amiga do dr. Nelson e da dra. Simone.

— Nossa! Isto é muito legal, Zefinha. Se você me passar tudo o que sabe, eu vou avisar o cara que estava procurando por ela. Ele estava muito interessado nessa mulher, e eu acho que ele até pode nos dar uma ajuda se a gente achar a pessoa.

— Só tem uma coisa, Antonio. Se ele tem tanta pressa assim, é bom ele passar na casa do dr. Nelson amanhã bem cedinho, ou no máximo depois de amanhã, porque eu vou tirar uns dias de férias. Tem que ser lá pelas oito da manhã, pois se ele passar mais tarde, vai atrapalhar o meu serviço.

— Está certo. Pode deixar. Eu já vou avisar o Josias para chegar aqui amanhã bem cedo.

— Josias é o nome do camarada?

— Sim, ele é gente muito boa. Já tomamos umas cervejas juntos.

— Está bem. Vou esperar ele amanhã de manhã.

Logo depois que Zefa saiu, Antonio ligou para Josias.

— Oi, Josias. Aqui é Antonio do condomínio. Acho que tenho uma pista para você encontrar a mulher da foto.

— Ótimo, Antonio! O deputado está muito ansioso para saber dela.

— Só que você vai ter que passar aqui amanhã lá pelas oito da manhã, ou então depois da manhã.

— Por que isto?

— É que a Zefinha, que é empregada do dr. Nelson, acha que conhece a moça, e ela prefere esse horário para não atrapalhar o serviço dela. Além disso, daqui a dois dias, ela vai entrar de férias.

— Ok, Antonio. Amanhã mesmo eu passo aí. Qual a casa que eu tenho que ir?

Antonio passou a informação e então se despediram. Em seguida, interfonou para a casa de Nelson e avisou Zefa que Josias ia passar no dia seguinte pela manhã para falar com ela.

Na sequência, Zefa telefonou para avisar Simone, que comunicou o marido. Na mesma hora, Nelson enviou uma mensagem para Paula.

* * *

Faltavam cinco minutos para as oito da manhã quando Josias chegou à portaria do condomínio. Avisou ao vigia que queria falar com a Zefa, que trabalhava na casa do dr. Nelson.

O vigia interfonou para a casa de Nelson, que atendeu a chamada e liberou a entrada do visitante. O vigia então indicou para Josias qual era a casa e pediu que ele entrasse pela porta de serviço.

Josias dirigiu até a casa indicada. Parou em frente da residência e foi até a entrada de serviço. Tocou a campainha e um homem atendeu.

— Bom dia, eu vim falar com a Zefa. Ela está me esperando.

— Pois não — disse Nelson. — Pode entrar.

Josias entrou e Nelson indicou uma cadeira na cozinha para ele sentar.

— Você é o Josias, não é?

— Sim, como o senhor sabe o meu nome?

— A Zefa me disse. Meu nome é Nelson.

— Ah, será que eu posso falar com ela?

Nelson tinha deixado a foto de Paula em cima de um móvel da cozinha. Apanhou a impressão e mostrou para Josias.

— Você está procurando esta moça?

Josias começou a achar aquilo estranho. Qual era a do cara? Sentiu vontade de levantar e ir embora, mas percebeu que o tal Nelson não parecia ser perigoso. Decidiu esperar um pouco mais para ver o que aconteceria.

O que Josias não sabia era que a conversa estava sendo gravada. Nelson tinha convidado dois agentes da polícia que eram seus amigos de total confiança para ficarem de campana na sala. Eles estavam ligados na conversa e entrariam se qualquer coisa acontecesse fora do esperado.

— Estou atrás dela — disse Josias.

— Eu sei. E está no encalço dela por causa do golpe em cima do deputado Aldemar, não é?

Neste ponto Josias ficou tenso. Ele estava pronto para dar uma surra no tal de Nelson ou sair correndo. Estava medindo cada movimento e cada palavra para saber o que teria que fazer, então resolveu jogar direto. Parecia ser o melhor a fazer.

— Sim. O deputado Aldemar quer encontrar esta cara.

— E o que vocês querem fazer com ela?

— Oras, doutor, o senhor já deve imaginar.

— Josias, eu vou direto ao ponto. Eu sei quem é a moça e posso garantir o seguinte: primeiro, se acontecer algo a ela, eu não vou ser a única pessoa a ficar sabendo. Muito mais gente vai saber disso. Segundo, se conseguirmos acertar um acordo para você apresentar essa moça ao deputado, você poderá ganhar uma grana preta. O suficiente para se aposentar. O que acha?

Josias parou para pensar. Qual seria o truque? Ele podia entrar bem nesse negócio. Como ele poderia ganhar uma grana entregando a moça? Era hora de sair ou ele deveria dar um murro no tal de Nelson e aí passar à posição de dominador? No momento, ele se sentia encurralado, mas não tinha nada a perder se deixasse a coisa correr um pouco mais.

— Ok, senhor Nelson, qual é a jogada?

— Muito bem. Vamos jogar limpo. Eu vou ser sincero com você e quero que você também seja honesto comigo. Sei que o Aldemar quer se vingar da garota e quero saber o quanto você quer se vingar dela também.

— Eu? Eu não tenho nada com isso. Eu trabalho para o Aldemar há muitos anos e já estou até cansado dele. Acho que ele foi um grande babaca ao se enrolar com a menina, e não quero fazer mais nenhum negócio sujo. A única coisa é que ele vai me pagar uma boa grana se eu entregar a garota.

— E se eu disser que você pode ganhar muito mais se trabalhar com a gente?

— A gente quem?

— Nós temos um grupo de pessoas que tem um interesse muito grande em enrolar ainda mais o deputado Aldemar. Você vai poder nos ajudar muito nisso.

— É? Mas quem são vocês?

Nelson chamou os policiais que estavam na sala. Quando eles entraram na cozinha, Josias ficou congelado.

— Qual é a brincadeira? — perguntou Josias.

— Não se preocupe, Josias. Estes são policiais federais. Eles escutaram e gravaram tudo, mas não têm o mínimo interesse em levar isto para as autoridades. Eles também querem dar uma lição no deputado Aldemar. Tudo o que você precisa fazer é nos ajudar, e você só vai ganhar com isto.

— O que tenho que fazer?

— Você vai levar a garota até o deputado Aldemar.

— Eu não entendo. Aldemar é capaz de matar a menina!

— Nós queremos exatamente isto. Não que ele a mate de verdade, mas que ele pense que a matou e, para se safar de ser preso, nos faça um favor em troca. Além disso, o deputado terá que desembolsar um bom dinheiro, que irá todo para você.

— Vocês estão brincando. Como vão armar isso? De onde vai sair a grana?

— Nós sabemos que ele tem muito dinheiro no exterior. Nós vamos armar uma cena para forjar o assassinato da garota, e, para não o entregarmos à polícia como um assassino, ele não só vai nos dar alguns dos milhões que tem fora do país como vai nos prestar outro serviço.

— Então vocês estão atrás da grana do deputado?

— Não, o que sair dele será só seu.

— Vocês devem estar sonhando. Tudo parece muito fácil. O que garante que isso vai dar certo?

— Isto vai depender muito de como você vai agir. Você está com a gente ou não?

— Eu até posso dizer que estou cansado de ser capacho do deputado. Apesar de ter feito o diabo por ele, eu ainda sou tratado como um nada. Eu já estive mal na vida, mas não quero mais ser um lixo, quero um final de vida decente.

Paula, que estava escondida, aparece na cozinha. Tinha escutado toda a conversa. Após observar a cara de Josias, ela fez um sinal para Nelson ir em frente.

— Muito bem — diz Nelson. — Eu vou dar todos os detalhes do que você vai ter que fazer. Acho que se você ouvir o plano vai até concordar que as chances são boas. Por outro lado, se você nos trair, nós temos a conversa gravada, que vai ser entregue para a polícia só com as partes que o comprometem.

Josias passou um bom tempo escutando o plano de Nelson. Talvez a coisa desse certo. Depois de ouvir, ele falou que concordava com os termos. Não queria se enrolar mais e tinha uma chance de se aposentar tranquilamente.

Quando foi embora, Josias se sentiu realmente decidido a participar daquele plano arriscado, mas antes vasculharia um pouco a vida daquele tal de Nelson. Se não encontrasse nada estranho, ele participaria da proposta sem nenhuma dúvida.

22. Aldemar, Josias, Nelson e Ricardo

Josias não parava de pensar em tudo o que tinha ocorrido. Aquela turma tinha um bom plano; podia até ter algum ponto fraco, mas era um plano com chances de dar certo. Começou a refletir sobre os pontos positivos da proposta e somou todas as vantagens. Ele poderia conseguir um bom dinheiro com aquela brincadeira, o suficiente para nunca mais se preocupar com a aposentadoria – poderia até se juntar com a Cidinha! Eles tinham passado a se encontrar nos últimos tempos, e ela tinha se apaixonado por ele. Cidinha certamente toparia se juntar a ele, apesar de que ele sempre teve certo receio de se amarrar. No entanto, se tudo acontecesse como previsto no plano, seria solitário ter uma vida boa e ficar sozinho. E Cidinha era um mulherão. Ela esquentaria suas noites na praia. Agora, o que mais surpreendeu Josias foi por um momento pensar que ficaria livre de Aldemar. Ele não tinha percebido isso antes, mas no fundo julgava o deputado um fraco, alguém que usava o aparente poder que possuía para pisar e explorar as pessoas. Josias já era capaz de reconhecer que foi um instrumento dele num momento de fraqueza e ignorância.

Josias fez loucuras na vida, mas elas foram todas em nome da sobrevivência, nunca teve ódio pelas pessoas, nunca desejou o mal, e agora sentia que algumas das suas maldades foram inconsequentes. Pode um bandido ser bom? Ele não sabia se havia resposta para essa pergunta, mas sabia que queria paz, e isso o levou a acreditar no plano. Talvez Nelson nem tivesse ideia do quanto ele seria cooperativo, e por razões totalmente diferentes das imaginadas.

* * *

Aldemar pediu para Josias passar no apartamento dele assim que soube de novas pistas da jornalista. Antes de se encontrar com Aldemar, Josias telefonou para Nelson. Ele falou que estava dentro do plano e que eles podiam acreditar na palavra dele. Nelson aproveitou para informar sobre tudo o que ele e Ricardo tinham discutido e como Josias deveria agir com o deputado. Traçados os detalhes do que deveria ser feito, eles combinaram a forma de comunicação, e Josias seguiu para a casa do parlamentar.

Aldemar estava ansioso e foi correndo atender a porta quando a campainha tocou.

— E aí, Josias, encontrou a pilantra?

— Sim. Ela não é jornalista. Mora em Goiás e acho que posso conseguir pegá-la na cidade em que mora. Descobri isso pelo fato de ela ter feito uma chamada telefônica de dentro de um condomínio aqui perto. Distribuí fotos dela pelo condomínio e uma empregada que a conhece passou as informações que eu precisava.

— Perfeito, Josias. Eu vou querer rasgar essa menina. Quando você vai conseguir trazer essa puta para cá?

— Acho que não é bom trazer a garota para este apartamento, não é?

— Você tem razão. Nós não podemos ser vistos juntos. Ache alguma casa em algum lugar ermo, onde eu possa cortar ela em pedacinhos, e quando ela berrar ninguém vai escutar.

— Pode deixar, mas eu vou precisar de uma boa quantidade de dinheiro para isso, pois não sei se sozinho eu vou conseguir raptar a garota. Talvez eu precise de um ajudante, e até já tenho alguém em vista. Além do mais, essa moça não deve ser boba e, sem dúvida, não vai ser fácil de ser apanhada desprevenida, pois ela pode até estar esperando uma revanche sua.

— Está certo. Quanto você precisa?

— Creio que trinta mil será suficiente por enquanto. Isso servirá para pagar o ajudante e o lugar para onde vou levar a garota. Aviso o senhor no máximo em três dias, se conseguir arrumar tudo.

— Estarei esperando ansioso e vou aproveitar o tempo pensando no que fazer com a filha da mãe.

Josias saiu do apartamento contente. Parecia que tudo tinha saído como planejado. Fora do prédio, ele pegou o celular e mandou uma mensagem para Nelson: "Tudo ok. Peixe fisgado. Precisamos nos encontrar, conforme o plano". Eles se encontraram naquele mesmo dia à noite e traçaram os passos seguintes.

* * *

Dois dias depois, Josias telefonou para Aldemar.

— Doutor, deu tudo certo. Estamos com a garota e até estranhamos como foi fácil sequestrá-la. Ficamos espreitando a casa dela. A sorte é que a casa é fora da cidade. Hoje vimos que ela saiu de carro e acabou pegando uma estrada meio deserta. Nós conseguimos interceptar o carro e tirá-la de dentro. Até agora ela está calma. Vamos levá-la para uma casa que conseguimos emprestada. Essa casa fica a uns quarenta quilômetros do centro de Brasília e é totalmente isolada. Vou passar o endereço por mensagem assim que desligar. A pessoa que nos arrumou a casa é conhecida do cara que está me ajudando. O único cuidado que temos que tomar é não deixar nenhum sinal do que vai ser feito por lá.

Aldemar já estava pensando no que poderia fazer com a falsa jornalista.

— Em quanto tempo podemos nos encontrar, Josias?

— Nós chegaremos lá em duas horas, deputado. Portanto, ainda tem algum tempo para nos encontrarmos.

— Perfeito. Daqui uma hora e meia eu saio. Me passe uma mensagem com o endereço assim que desligar.

— Certo. Até mais, doutor.

Josias desligou e digitou o endereço da casa onde estariam. Como o local era ermo e afastado da estrada, ele escreveu todos os detalhes de como chegar e enviou a mensagem ao deputado.

* * *

Josias dirigia o carro. Ricardo estava ao seu lado. Ele tinha vindo de São Paulo o mais rápido possível, assim que Nelson pediu. Encontraram-se na casa de Nelson, onde Paula já estava. Os três saíram de lá assim que Josias ligou para Aldemar. Paula usava uma calça branca bem colante, uma camisa clara e por baixo um colete que Ricardo trouxera de São Paulo. A roupa e principalmente o colete tinham sido cuidadosamente preparados para a encenação que iriam fazer. Antes de partirem, Paula desarrumou o cabelo, passou a mão na terra do jardim da casa de Nelson e esfregou a mão suja na calça. Amassou um pouco a camisa. Passou a mão na boca e deixou o batom um pouco esparramado. Ricardo, por sua vez, tinha deixado a barba crescer nos dois últimos dias, vestia uma roupa velha e estava com uma cara marrenta.

Logo depois que saíram, Nelson e seus dois colegas policiais seguiram em outro carro na mesma direção.

Josias pegou o caminho do sítio que eles tinham arranjado. Aldemar demoraria pelo menos uma hora para chegar. Eles entraram na casa, acenderam as luzes, verificaram se tudo estava como tinham visto anteriormente. Ricardo saiu e deu uma volta pela casa para ver se via alguma luz por perto ou qualquer outro sinal. O sítio era bem isolado e não havia viva alma na região além deles.

A noite estava escura e Nelson e os agentes ficaram um pouco afastados da casa, escondidos no outro carro a uns cem metros da entrada. Tinham deixado as luzes apagadas e quem passasse na direção da propriedade dificilmente perceberia o carro escondido entre as árvores a uns vinte metros da beira do caminho que levava ao sítio. No entanto, eles tinham uma visão perfeita de quem passasse por aquela estradinha.

Ricardo, Paula e Josias conversavam na casa quando Ricardo falou que era hora de se prepararem. Colocaram uma cadeira no meio da sala e amarram Paula. As mãos dela foram presas fracamente na parte de trás, assim como as pernas em cada pé da frente da cadeira. Seria fácil Paula se soltar se fosse necessário. Os três ficaram aguardando.

Quase quinze minutos depois escutaram um barulho de carro chegando. Da entrada do sítio até a casa tinha quase meio quilômetro. Aldemar parou o carro em frente à residência. Sem fazer muito barulho, Nelson e os agentes seguiram com o carro deles um pouco depois de Aldemar passar. Pararam uns cem metros antes da casa, deixando novamente o carro escondido no meio das árvores. A partir dali, eles seguiram a pé, mas só depois de se certificaram que Aldemar já tinha entrado na casa.

* * *

Quando Aldemar entrou na casa, ele foi direto até Paula e deu um tapa em seu rosto.

— Sua filha da puta, você me ferrou! Mas agora eu quero ver você pedir piedade.

— Você é um merda! — gritou Paula. — Eu vou te ferrar mais ainda! Minha segurança vai te encontrar aqui!

— Eu acho que você está enganada. Se quiser gritar, fique à vontade, ninguém vai te ouvir. E tome cuidado, porque se abrir muito a boca, eu vou encher ela de porrada ou vou enfiar algo nela.

Quando Aldemar se virou para conversar com Josias, percebeu que havia um desconhecido na sala.

— Quem é esse cara, Josias? — perguntou o deputado.

— É o meu ajudante, doutor. É de total confiança.

— Você tem certeza?

— Claro. Além do mais, ele participou do sequestro e está tão enrolado quanto eu neste esquema.

— Muito bem, então vamos brincar com a menina e ver o quanto ela aguenta. Se ela estiver bem ao final, eu acho que você e seu colega também vão poder brincar um pouco com ela.

— Olha, doutor, eu arranjei algo para o senhor dar um susto nela.

— O que é?

Josias se dirigiu até a mesa, pegou uma arma e disse baixinho:

— Ela está com balas de festim, mas se o senhor apontar para a camarada e falar que vai fazer um furo nela, eu acho que ela vai se borrar de medo. É até bom, porque ela está muito tranquila, e acho que isto pode quebrar um pouco o moral dela. Dê um tiro acima da cabeça, então avise que o próximo pode ser no peito. Aí descarregue dois tiros no peito. Não acredito que ela vai ficar firme depois disso. Se não morrer de susto, ela vai virar geleia.

Aldemar gostou da ideia. Pegou a arma e ficou bem na frente de Paula.

— Olha, menina, você já imaginou o furo que eu posso fazer na sua cara? Nós vamos nos divertir um pouco ou já posso abrir um buraco? — Ao dizer isto, Aldemar disparou um tiro um pouco acima da cabeça de Paula.

Como planejado, ela se assustou e urinou nas calças.

— Olha, doutor — disse Josias. — A putinha se molhou toda.

Aldemar até ficou excitado ao ver a calça molhada de Paula. Olhou para a moça ali amarrada e apontou o revólver para o peito dela.

Nisso Ricardo chamou a atenção de Aldemar:

— Doutor, será que eu posso filmar a cena? O Josias disse que ela gravou vocês juntos e talvez fique bonito ter um filminho de recordação sempre que estiver com raiva do que aconteceu.

— Até que não é má ideia. Pode filmar, rapaz.

Ricardo pegou o celular e começou gravação.

Aldemar virou novamente para Paula e disse:

— Sua vaca, você já mijou nas calças. Será que se eu acertar um tiro no seu peito você vai cagar também? O que acha? Fala, sua bostinha!

Paula fez uma cara de desespero e começou a xingar o deputado. Quando ela falou que ele não passava de um velho babão que gostava de um espanador no rabo, Aldemar ficou tão raivoso que atirou duas vezes na direção do peito de Paula.

A mão de Paula, que não estava muito presa, apertou o botão que fez o sangue jorrar em dois pontos do colete. Ricardo tinha conseguido aquele colete com um colega que trabalhava com cinema em São Paulo. A encenação foi perfeita. Paula berrou e deixou a cabeça cair. Ficou imóvel, fingindo-se de morta.

— Que porra é esta, Josias? Isto não era tiro de festim? — perguntou Aldemar, espantado.

Ricardo parou a gravação, mas manteve uma cara de assustado e ficou segurando o celular, como se ainda estivesse filmando.

— Doutor, foi o que o cara que vendeu o berro falou — disse Josias. — Eu não chequei a arma.

A porta da casa foi arrombada naquele momento, e Nelson e os agentes entraram. Os policiais empunhavam armas e pediram para Aldemar deixar o revólver no chão.

Nelson gritou para Josias e Ricardo:

— Vocês podem ficar quietos.

Então, virando-se para Ricardo, pediu que ele lhe passasse o celular. Ricardo entregou o aparelho na hora.

Os agentes mantiveram as armas apontadas para os três.

— Como vocês chegaram aqui? — gritou Josias.

— Ela está com um localizador escondido na roupa, seu babaca — disse um dos agentes.

Nelson se aproximou de Paula, colocou a mão no pescoço dela e disse:

— Infelizmente, essa mulher já era.

Aldemar estava completamente petrificado. Tudo tinha acontecido tão rápido, tão sem controle que ele estava perdido. Tentou falar, mas não conseguia. Estava tonto. Finalmente, seu coração começou a pulsar um pouco mais devagar, e ele conseguiu dizer:

— Josias, que diabo você aprontou?

Josias fez uma cara de apalermado.

— Doutor, eu não sei como! — Josias tentou se explicar.

— Senhor, nós te pegamos — disse Nelson. — Você vai passar o resto da vida na cadeia. Nós fazemos parte da segurança dela. Quando foi sequestrada, ela acionou um alarme no carro, e ela carrega um dispositivo rastreador na roupa. Foi só seguir o sinal. Quando ouvimos o primeiro tiro, viemos correndo, mas infelizmente chegamos tarde demais. A Paula, este era o nome dela, já esperava que alguém quisesse sequestrá-la e tinha nos contado que até um deputado poderia estar atrás dela. E eu estou lhe reconhecendo, deputado, mas a gente não sabia até que ponto isto podia chegar.

— Vocês não vão me prender — disse Aldemar. — Digam o preço de vocês!

Nelson olhou para todos e para o celular.

— Deixe-me ver o que temos aqui — disse Nelson, então começou a assistir o filme que Ricardo tinha feito. — Deputado, o senhor está enrolado, isto é cana na certa! Vai dar para mofar na cadeia.

— Eu tenho muito dinheiro — disse Aldemar. — Vocês podem ficar ricos.

— Olha, doutor, teria que ser muita grana — disse Nelson.

— Falem o valor!

Aldemar se virou para Josias e perguntou:

— Você não pode fazer alguma coisa? Como você deixou isso acontecer?

Ricardo interrompeu:

— Doutor, eles estão com o berro na mão, acho bom nós ficarmos na moita.

Nelson pediu para eles se sentarem num sofá que tinha no canto da sala e ficarem quietos. Virou-se para os dois agentes e fingiu uma conversação em tom baixo.

Aldemar continuava assustado. Olhava para os falsos seguranças de Paula e depois para Josias e Ricardo.

— Deputado, eu tenho certeza que poderemos chegar num bom acordo — começou Nelson. — Nós conhecemos a sua turma e vamos querer mais do que o seu dinheiro. Vamos esconder o corpo e a arma. Ela tem as suas impressões e só nós saberemos onde o corpo está. Qualquer coisa que dê errado, a polícia vai encontrar o corpo, a arma e o celular, então nem pense em não seguir o que vamos propor. Também vamos enjaular os seus dois capangas. Eles são testemunhas e só vão ser soltos quando tivermos uma boa grana e a confirmação de um serviço que você irá fazer para nós.

Neste momento, Josias fez uma cara de assustado e disse:

— Doutor, o senhor tem que colaborar com os caras. Eu não quero ficar preso não sei onde e ainda correr o risco de levar chumbo. Se não colaborar, eu abro a boca.

Então Ricardo entrou em ação.

— Olha, eu também não sabia o que vocês estavam planejando. Se eu tiver qualquer problema, vou abrir o bico.

— Vocês podem ficar quietos, eu vou fazer o que tenho que fazer. Quero tirar o meu da reta — disse o deputado.

Nelson riu. Tudo estava indo como planejado. Ele pediu para um dos agentes continuar apontando a arma para os três e para o outro ajudá-lo a tirar o corpo da mulher dali. Os dois carregaram a cadeira com o corpo e saíram da casa. Lá fora, eles libertaram Paula.

— Acho que o cara acreditou, não? — pergunta Paula para Nelson, assim que levantou da cadeira.

— Parece que sim — disse Nelson. — Vá embora rápido. O carro está a uns cem metros aí na frente, do lado direito da estrada. Tem roupas secas lá. Troque a roupa e nos espere no carro. Não acenda luz nem faça qualquer barulho.

Nelson e o policial demoraram mais um tempo do lado de fora antes de entrar na casa novamente.

— Certo, deputado. — disse Nelson. — Nós queremos quinze milhões e mais uma doação ao seu partido.

— Isto é uma loucura! — respondeu Aldemar. — Eu não tenho tudo isto! E por que eu tenho que doar dinheiro ao partido?

— Você tem essa quantia e até mais no exterior. Quanto à doação, nós sabemos que o ministro do seu partido é o homem do dinheiro. Ele tem muito mais que esse valor. Você vai fazer essa doação quando for falar com ele. Aliás, vai fazer a doação usando o computador pessoal dele. Nós vamos explicar direitinho o que deve ser feito.

— Vocês estão loucos mesmo — disse Aldemar. — Se tocarem no dinheiro do ministro e eu estiver envolvido nisso, eu vou ser um homem morto.

— Deputado, você já está morto. Quer que apareçam um corpo, uma arma e um celular? — ameaçou Nelson.

— Não! Nunca! Talvez a gente possa chegar a um acordo melhor. O que acha?

— Não, é para fazer o que nós falamos. O acesso ao computador do ministro é inegociável.

— Mas eu vou correr um risco muito grande.

— Eu acho que não — disse Nelson. — O ministro terá muita dificuldade para descobrir o que vai acontecer com o computador dele. Fique tranquilo, pois isso não vai ser imediato. Quanto ao dinheiro, talvez possamos fazer um abatimento. Talvez uns dez milhões cubram nossos gastos.

— Ainda é muito! Eu não tenho isso.

— Chega de conversa, deputado! — interrompeu Nelson. — O melhor é você ir embora agora. Nós vamos tirar todo o resto que precisamos saber dos seus capangas. Aliás, eles devem saber muito dos seus podres, e se precisar eles irão cantar direitinho. Nós vamos entrar em contato logo. Meu nome é Toni e na hora certa eu entrarei em contato. Você terá três dias para nos passar o dinheiro. Queremos pelo menos dois milhões em dinheiro e o resto poderá ser transferido para uma conta no exterior. Amanhã você receberá um bilhete em seu apartamento com os dados para a transferência. Lembre-se de que seus capangas vão estar comigo. Posso extrair o que quiser deles. Eles devem ter muito para contar sobre a sua vida, o suficiente para lhe dar mais alguns anos de prisão. Agora vá embora correndo.

Aldemar saiu como uma flecha. Paula, que estava escondida no carro de Nelson, viu o carro de Aldemar passar voando na direção da estrada.

* * *

Depois de Aldemar ter partido, todos relaxaram. Nelson dirigiu-se para Josias:

— Você viu? Dos dez milhões, você vai ficar com seis. Iremos usar dois milhões para custear todas as nossas despesas e ainda vão sobrar outros dois milhões.

— Acho que me saí melhor do que pensava — disse Josias. — E se tudo der certo, eu terei uma excelente aposentadoria.

Ricardo, que não tinha falado nada até então, disse que Josias estava melhor agora do que se continuasse sendo capacho daquele pilantra.

— Sabe o que mais me admira? — disse Josias. — É que tudo correu exatamente como planejado!

Nelson virou-se então para seus amigos policiais e disse que eles receberiam os dois milhões que iriam sobrar do total. Ele não tinha muitas dúvidas de que aquele dinheiro viria mesmo. Avisou aos policiais que eles ainda seriam necessários mais tarde, quando fossem cuidar do ministro. Então, dirigiu-se a Josias:

— Você terá que desaparecer até o deputado fazer tudo o que queremos. Trocaremos mensagens e, se necessário, nos encontraremos, mas fique longe de Brasília. — Nelson lhe passou um celular. — Desligue o seu aparelho e use somente este. Meu número já está gravado aí, e atenda somente a minha chamada. Não atenda ninguém mais e use este celular se precisar pedir comida ou qualquer outra emergência.

Josias partiu com o próprio carro. Ricardo e os policiais foram com Nelson para o outro carro. Nelson olhou para Paula assim que abriu a porta do veículo.

— Tudo certo — disse ele. — O homem está em nossas mãos.

23. Aldemar II

Aldemar não parou de tremer desde que saiu daquele sítio. Ainda não acreditava em tudo que tinha acontecido. Não conseguia raciocinar direito. Chegou em casa sem saber como e só começou a se acalmar quando se sentou no sofá da sala. Levantou, foi ao bar, encheu um copo de uísque e voltou ao sofá. Teria alguma saída? Os caras só queriam dinheiro, e o que eles pediam ainda era pouco comparado ao que tinha escondido. Mas e o ministro, o que eles queriam com ele? Talvez alguma maneira de conseguir mais dinheiro? Ele sabia que o ministro era o dono do cofre do partido, mas o caixa dois talvez fosse menor que a quantia escondida pelo ministro em suas próprias contas no exterior. Eram anos de pilhagem. E se ele não fizesse nada? Como eles poderiam entregar Aldemar para a polícia? Bastaria informar onde estava o corpo, a arma e o celular com o filme? E se ele conseguisse saber aonde tinham levado Josias e o outro capanga? Será que Josias conseguiria se libertar? Ele também estava enrolado. Afinal, foi ele quem sequestrou a garota. Aldemar só tinha certeza que, se fosse preso, iria para uma prisão comum. Poderia passar anos mofando, e mofar até que seria bom, pois talvez ele nem vivesse por muito tempo. Como ele tinha feito muitos inimigos na vida, não seria difícil alguém encomendar seu assassinato na cadeia. Na prisão, uma vida humana vale muito pouco.

Aldemar sabia que, se não fizesse o que lhe pediram, aqueles caras iriam entregar tudo para a polícia sem nem precisar se apresentar. Também diriam onde tinham prendido Josias e o ajudante, e estes não teriam dúvidas em abrir o bico, pois para eles seria melhor ser preso por sequestro do que por assassinato. Não havia saída. Ele teria que entregar o dinheiro para conseguir alguma garantia de que o corpo nunca seria achado. A outra preocupação era o que ele teria que aprontar com o ministro. Essa era uma grande dúvida. Talvez, como tinham falado, o ministro não descobrisse qualquer participação de Aldemar em um esquema de invasão ao seu computador. Era um risco, mas se nada fosse feito nos próximos dias ele precisaria planejar uma fuga do país. Abandonaria tudo e todos. A mulher já o deixara. Os filhos tinham tomado um rumo distante. No fim, ele poderia viver confortavelmente em algum país da América Latina com o dinheiro que ainda iria sobrar. Se seus familiares quisessem se aproximar, tudo bem, ou eles que se danassem. Já era madrugada e o cansaço era tanto que Aldemar foi para o quarto e caiu na cama.

Na manhã seguinte, o deputado acordou com um pouco de dor de cabeça. Apesar disso, suas ideias estavam mais claras. Primeiro, ele sabia que estava ferrado. Não conseguia imaginar uma forma de se livrar do problema. Aquela turma tinha as provas para mandá-lo para a cadeia por muitos anos. Em segundo lugar, ele percebeu que, se eles quisessem realmente fazer isso, já o teriam entregado para a polícia na mesma hora. Essa era sua vantagem. Se os policiais que apareceram eram verdadeiros ou não, ele nem queria saber, mas era claro que o objetivo daquela turma era grana. Aldemar pegou o celular e ligou para Josias. O telefone tocou, mas ninguém atendeu. Àquela altura do campeonato ele já podia esquecer qualquer ajuda por parte do Josias. O capanga devia estar preso pelos camaradas que o encurralaram, e só sairia quando o dinheiro fosse entregue. Josias não era uma preocupação agora.

Aldemar telefonou para seu gabinete na Câmara. Quando Clarice atendeu, ele foi imediatamente dizendo que não estava se sentindo bem e que não iria aparecer o dia inteiro.

— Mas, doutor, o deputado César quer falar com o senhor — disse Clarice. — E um jornalista também esteve à sua procura.

— Clarice, diga ao César que depois eu ligo para ele. Quanto ao jornalista, fale que eu estou com uma doença grave e que você não sabe quando eu vou voltar.

— Doutor, isso é verdade?

— Sem papo, Clarice. Faça o que falei — e desligou o telefone.

Logo em seguida, seu celular tocou. Ele olhou o visor: Josias. Ao atender, escutou uma voz diferente.

— Bom dia, deputado. Aqui é o Toni. Nós estamos aqui com o Josias. Ele está doidinho para abrir o bico, portanto arrume a grana o mais breve possível.

A ligação foi interrompida bruscamente. Aldemar tentou retornar a chamada, mas o telefone estava mudo. Era uma pena, pois talvez o sinal pudesse ser rastreado. Infelizmente não tinha pensado nisso antes.

O parlamentar começou a pensar que a possibilidade de sair do país talvez não fosse necessária. O objetivo daquele pessoal era dinheiro. Mas também tinha algo mais. O que iriam aprontar para o ministro? Queriam ainda mais dinheiro? Ele não teria problema de pagar o quanto eles tinham pedido, e talvez pudesse se esconder em alguma cidade pequena, onde a probabilidade de ser reconhecido fosse mínima. E, mesmo que fosse reconhecido, não iriam arrumar qualquer problema para ele. Talvez depois de entregar o dinheiro e resolver o que eles queriam, Aldemar nunca mais fosse procurado. O problema era o ministro.

Aldemar sabia que o ministro não fazia serviço sujo. Ele apenas dava sugestões, e os puxa-sacos do partido entendiam as meias-palavras e tomavam as decisões. Qualquer coisa que esse tal de Toni e sua gangue fizessem poderia deixá-lo encrencado com o ministro, e aí talvez ele precisasse mesmo sair do país. Dependendo do caso, ele teria mais a temer dos membros do partido do que da polícia. Aldemar começou a se mexer. Foi anotando todas as possibilidades e pensou o que poderia fazer em cada caso. Pegou o celular e ligou para o doleiro Roberto.

— Oi, Roberto. Como você está?

— Tudo bem, dr. Aldemar. O que o senhor manda?

— Eu quero levantar dez milhões da minha conta no exterior e gostaria que você agilizasse isso para mim. Desse total eu quero dois milhões em *cash*. O restante eu vou transferir para uma conta cujos dados eu vou lhe passar em breve. Veja o que eu tenho que fazer e para quando você pode me conseguir os dois milhões.

— Ok, doutor. Eu vou lhe passar uma mensagem daqui uns minutos com todos os dados. Para os dois milhões, eu vou precisar de pelo menos dois dias.

— Está certo, Roberto. Vou aguardar sua mensagem.

Após desligar com o doleiro, Aldemar ligou para o deputado Martins.

— Bom dia, Martins. Como vai?

— Tudo bem, Aldemar. E você, como vai?

— Posso dizer que eu estou meio enrolado, com problemas de família e outras coisas.

— Eu imagino, Aldemar. Acho que você está passando por uma fase bem complicada.

— Olha, Martins, bota complicada nisso. Mas eu queria falar que vou precisar me ausentar por algum tempo. Eu gostaria que você falasse para todos que estou com um problema de saúde. Pode até falar que é um estresse violento, que gerou um problema no coração e que o médico receitou repouso absoluto.

— Eu entendo — disse Martins. — Você não vai aparecer na Câmara, certo? Por quanto tempo você acha que vai ficar ausente?

— Acho que serão muitos dias, ou até semanas.

— Eu vou informar o pessoal daqui, Aldemar. Vou falar com o secretário e você nem precisa se preocupar. Ninguém vai falar nada e você vai receber o salário como sempre.

— Obrigado, Martins. Fico te devendo este favor! Vou mesmo sumir por um tempo, mas assim que resolver minha vida eu entro em contato com você. Um abraço.

— Grande abraço, Aldemar. E veja bem onde se mete, viu?

Aldemar desligou o telefone e pensou que Martins nem imaginava no que ele estava metido. O deputado deu uma risada de si próprio. Estava se sentindo só no mundo, mas não estava arrependido nem tão preocupado quanto antes. Ele já tinha passado por cima de tudo e de todos. Sua vida tinha sido a de um trator que derrubava tudo o que via pela frente. Sentia-se acuado, mas livre ao mesmo tempo. "Que se fodam", pensou. Foi para o quarto e deitou na cama. Iria aguardar os acontecimentos.

24. Marcelo e Sérgio

Depois da reunião com Nelson e Paula em Goiás, Ricardo ficou encarregado de discutir com Marcelo e Sérgio o próximo passo da operação para atingir o ministro. O ponto central era o deputado Aldemar conseguir instalar um vírus no computador pessoal do ministro. Aquele era o primeiro objetivo do grupo. O segundo era que o programa criado transferisse toda informação acessada pelo ministro para eles, incluindo e-mails. A partir do início do plano, os amigos tinham presumido que o essa etapa seria realizada sem qualquer falha, o que não deixava de ser uma grande aposta. Para que o objetivo seguinte pudesse ser realizado eles começaram a imaginar como deveria ser o programa que iriam implantar no computador do ministro. Marcelo planejou passar um fim de semana na casa de Sérgio, no interior paulista, para fazer o programa de transferência de dados. Como Sérgio havia falado numa de suas conversas: "Não se paga nada para sonhar, e às vezes os sonhos se realizam".

Marcelo chegou numa sexta-feira, tarde da noite, na casa de Sérgio e Luísa. Ele estava bem cansado, então decidiram dormir e só começaram a conversar no sábado pela manhã.

Quando Marcelo acordou, Luísa já estava preparando um café na cozinha.

— Bom dia, Luísa.

— Bom dia, Marcelo. Bom te ver depois de tanto tempo. O Sérgio já está vindo. Ele saiu supercedo porque queria comprar algumas coisas para o almoço, mas já deve estar chegando. Aí vocês vão poder discutir sobre esse plano maluco.

— Você está sabendo de tudo?

— Claro. Você acha que o Sérgio me deixaria de fora dessa? Eu só espero que vocês realmente consigam enrolar o tal deputado, pois sem ele vocês nunca vão instalar o programa, que por acaso vocês ainda nem fizeram!

Marcelo sentiu uma pontada de ironia naquela conversa com Luísa.

— Você não acredita na gente? — perguntou Marcelo.

— Eu acredito, Marcelo. Desde que conheci vocês, sei que são capazes de fazer o diabo, mas tem uma série de detalhes pelo caminho que não vão ser fáceis de realizar.

— Eu concordo, Luísa. Mas se na primeira etapa tudo der certo, eu acho que teremos uma boa chance.

Nesse instante Sérgio chegou com as compras e as colocou em cima da mesa.

— E aí, seu matemático doido, dormiu bem?

— Como uma pedra, seu socialista decrépito!

— Olha... Eu não sou nada disso — disse Sérgio. — Talvez eu seja apenas um pequeno burguês no momento.

Eles começaram a rir e passaram a tomar o café e a comer o pão fresco que Sérgio tinha acabado de trazer. A conversa fluiu com banalidades, trocando as últimas notícias sobre cada um. Sérgio estava muito bem empregado numa grande empresa da região, e Marcelo tinha uma posição de destaque numa universidade paulistana. A vida aparentemente seguia normal para eles. A grande queixa de Sérgio era que a cidade e todos que moravam nela eram muito conservadores. Eram poucas as pessoas com quem ele e Luísa podiam se relacionar, e muito menos os que tinham uma mente um pouco mais aberta.

— O fim de semana por aqui funciona na base de churrasco e cerveja — disse Sérgio. — Quando não é na casa de um, é na casa de outro. No fim, saem todos bêbados. A conversa gira sobre futebol, sobre a vida dos outros e às vezes sobre um pouco da política local. Se não fosse pelo meu salário e pela confortável vida tranquila que nós temos, a gente já teria ido embora faz tempo. À noite nós vamos dar um pulo perto do centro e você vai ver a rapaziada se encontrando em torno dos botecos, alguns carros com o porta-malas aberto e um equipamento de som enorme tocando música sertaneja num volume absurdo. Isso me deixa doido. E pensar que nessa idade a gente ia ao cinema para assistir filmes do Bergman, ou ia ao teatro de protesto. Passava a noite bebendo, mas discutindo sobre a vida, tentando entender o sentido das coisas. E esses bostas daqui só bebendo e falando besteira. Eu odeio isso!

— Chega — disse Luísa. — Daqui a pouco você vai começar a ficar chato. Vão para a sala e comecem a trabalhar.

Os dois saíram rindo e se sentaram no sofá da sala. Marcelo começou a dizer o que estava pensando sobre o programa e o quanto já tinha avançado na programação.

— Creio que poderíamos implantar um programa que espelhasse a tela do computador do ministro num computador nosso — sugeriu Marcelo.

— Você está querendo demais, Marcelo — disse Sérgio.

— Não, o programa poderia ser instalado como se tivesse sido instalado pelo administrador da máquina, no caso o ministro — argumentou Marcelo.

— Ok, mas lembre-se de que estamos apostando que o deputado vai conseguir usar o computador do ministro durante apenas alguns segundos. Acho que um espelhamento pode não ser a melhor solução. Se o ministro entrar num site e fizer um login, nós só veremos bolinhas no lugar da senha. Eu estava pensando em algo mais simples, como um programa que registrasse todas as teclas pressionadas. Eu até tenho algo meio pronto nesse sentido. Assim, tudo que ele digitar nós saberemos. Inclusive senhas de banco.

— Sabe que eu não pensei nisso, Sérgio? Eu estava imaginando algo muito mais complexo e já tinha escrito um programa quase por completo, mas estou vendo como programar o que você sugeriu. Pensando bem, eu creio que isso nem é novo, esse tipo de programa pode até se conseguir na internet. Além disso, eu já escrevi um programa, uma adaptação de outro que encontrei na rede, que irá mandar para nós uma cópia de todos os e-mails recebidos e enviados pelo ministro.

— Perfeito, Marcelo. Mesmo que isso seja inserido no computador do ministro como se fosse instalado por um administrador, teremos que fazer testes para ver se ele sobrevive a qualquer tipo comum de antivírus que o computador dele possa ter.

— Sem dúvidas — concordou Marcelo. — Acho que não vai ser difícil. Vamos construindo o programa e checando aos poucos. Esse ponto que você comentou do tempo curto que o deputado Aldemar terá para implantar o programa também tem que ser pensado, porém o mais complicado é Ricardo, Nelson e Paula conseguirem enrolar o capeta do Aldemar.

— Vamos torcer, Marcelo. Enquanto isto eu gostaria de ver o que você já fez. Eu tenho certeza que você é muito melhor do que eu em programação.

— Ok, Sérgio, mas para a noite eu gostaria de saber qual é a programação da mulherada nesta cidade.

— Eu tinha certeza que você já estava pensando nisso. Eu até tinha brincado com a Luísa que você não perde o jeito e ia querer afogar o ganso pela redondeza. Olha, como esta é uma típica cidade do interior, aqui todo mundo sabe da vida de todo mundo. Portanto, ou você vai visitar as "primas" e paga pelo serviço, ou encontra alguém que seja liberal. Mas você não vai fazer nada disso. A Luísa tem uma amiga professora que nós gostaríamos que você conhecesse, e acho que ela até pode combinar bem contigo. Na verdade, Luísa já convidou a camarada. Você vai conhecê-la no jantar, mas, por favor, não vai ser o louco dos velhos tempos. Não vá atacar a mulher.

— Não, Sérgio. Eu amo as mulheres, mas ando mais calmo. Para ser sincero, eu sempre quis conhecer alguém razoável. Mas pode ser que até tive a sorte de não me fixar com alguém. A maior parte dos meus amigos vive vidas de casados miseráveis. Claro que alguns poucos estão felizes, outros ficam contentes com os filhos, e isso até acho bom, pois como diz um colega de trabalho: "A única coisa que podemos deixar com certeza da nossa vivência é o nosso DNA". Talvez esteja na hora de parar com aventuras, mas só farei isso se encontrar alguém que tenha uma maneira de viver e um entendimento da vida muito próximos do meu.

— Tudo bem, Marcelo. Enquanto isso não acontece, vamos voltar ao trabalho.

* * *

Marcelo e Sérgio continuaram a levar suas vidas normalmente, mas sempre dedicando um bom tempo ao programa de computador necessário para o sucesso do plano. Não demorou muito tempo para que eles recebessem uma mensagem de Ricardo. Aldemar tinha sido fisgado. O programa tinha que estar pronto em breve.

Sérgio encontrou Marcelo em São Paulo. Os últimos acertos tinham sido finalizados e o programa estava pronto. Bastaria Aldemar introduzir um *pendrive* no computador do ministro e executar um programa, que não deixaria nenhum sinal no computador. A menos que o ministro fosse um *expert* em computação, ou eles tivessem cometido algum erro nos testes, aquele programa não seria detectado. Assim que o programa fosse instalado, Marcelo e Sérgio receberiam todos os e-mails do ministro, e também saberiam tudo o que fosse digitado no computador.

Marcelo fez cópias do programa em dois pequenos *pendrives* e os entregou a Ricardo, dois dias depois de Aldemar ter atirado em Paula. Tudo que eles teriam que fazer a partir de agora era aguardar. Depois que Aldemar se encontrasse com o ministro, eles se revezariam para vigiar o que seria feito no computador. Marcelo e Sérgio passaram a sonhar com senhas de banco e e-mails incriminadores.

25. Nelson e Aldemar

Assim que Ricardo recebeu os *pendrives* de Marcelo e Sérgio, ele ligou para Nelson.

— Nelson, o programa está pronto. Eu estou com dois *pendrives* na mão. Marcelo e Sérgio fizeram uma cópia extra para o caso de qualquer eventualidade. Basta introduzir o *pendrive* no computador e executar um programa chamado "dona_rosa".

— Gostei do nome — disse Nelson. — Seria bom se você viesse a Brasília. Você poderá ajudar no caso de dar alguma coisa errada.

— Ok. Eu espero que venha logo uma grana do Aldemar, pois nós todos temos gastado dinheiro do próprio bolso para seguir com esse plano.

— Não se preocupe que hoje mesmo eu vou ligar para o deputado. Eu sei que ele anda sumido. Não tem aparecido em lugar nenhum e pode até estar se preparando para fugir do país.

— Tudo bem, Nelson. Vou pegar um voo para Brasília o mais breve possível.

* * *

Naquele dia Nelson foi até o centro, onde havia uma agência de motoboys. Sem entrar na agência ele chamou um dos entregadores que estava fora do prédio e ofereceu uma nota de cinquenta para o rapaz, pedindo para ele entregar um envelope no prédio de Aldemar. O envelope continha os dados da conta para a qual Aldemar teria que transferir o dinheiro.

Pouco tempo depois, Nelson ligou para Aldemar. Ele estava usando um chip de celular que não poderia ser identificado, mas duvidava muito que o deputado fizesse qualquer tentativa de rastrear a ligação. Aldemar atendeu de imediato.

— Olá, deputado, é o Toni. Precisamos do dinheiro o mais breve possível. Os dados da conta no exterior para transferir o dinheiro estão dentro de um envelope que já foi deixado na portaria do seu prédio. Faça a transferência logo. Se ela não acontecer até amanhã a polícia vai receber um pacote com as provas contra você.

— Eu preciso de mais um dia para conseguir o dinheiro vivo — disse Aldemar. — Além disso, eu vou querer a arma e o filme que ficaram com vocês.

— Não, deputado. Você já tem uma garantia: o corpo não foi encontrado até agora. Só lhe daremos a arma e o filme quando você fizer o serviço com o ministro.

— Vocês estão querendo demais!

— Não se preocupe. Sabemos que você está com mais medo do ministro do que preocupado em nos dar o dinheiro ou ir para a cadeia. Já conversamos muito com o Josias. Ele entregou muito da sua vida. Fique tranquilo que se você fizer o que queremos nada vai acontecer com você. Não queremos nada além disso. O ministro nunca saberá que você fez algo, e se souber já será muito tarde. Talvez nem tenha condição de fazer qualquer coisa para reverter.

— Mas... — balbuciou Aldemar.

— Não tem mais papo! Vou telefonar novamente amanhã. Você deverá confirmar que está com o dinheiro. Vai pegar o seu carro, sair da garagem do seu prédio e dirigir para a direita por um quilômetro. Nós mandaremos mensagens pelo WhatsApp indicando todas as direções. Não pense em fazer nenhuma besteira. Estaremos vigiando se você fizer contato com qualquer pessoa que seja.

Dito isso, Nelson desligou o telefone.

* * *

No dia seguinte Aldemar ligou para o doleiro Roberto. Ele já tinha feito a transferência para a conta que Toni tinha informado, e também transferido uma quantia em dólares para o próprio doleiro, a qual seria transformada nos dois milhões em dinheiro vivo. Roberto informou que os dois milhões seriam entregues em uma maleta, que seria levada para a portaria do prédio de Aldemar em poucos minutos.

Não demorou muito e ligaram da portaria avisando que um entregador estava lá embaixo. Aldemar pediu para que subisse e recebeu uma pequena maleta com os dois milhões. Checou o conteúdo, mandou o entregador embora e sentou-se no sofá. A espera pelo telefonema de Toni começou a ficar angustiante.

Nelson não tinha pressa. Paula e Ricardo já estavam com ele e os dois agentes da polícia estavam vigiando o prédio de Aldemar.

Paula e Ricardo iriam participar da entrega do dinheiro, mas não podiam ser reconhecidos. Ficou combinado que

Paula estaria escondida no carro, num estacionamento a algumas dezenas de metros do prédio de Aldemar. Ela informaria a todos quando o deputado saísse do prédio. Já Ricardo estaria estacionado noutro local, onde observaria se Aldemar estava no caminho certo e sem nenhuma escolta. Nelson seria o único a ser contatado e receber a mala de dinheiro.

Exatamente às onze horas, Nelson ligou para Aldemar.

— Alô, deputado, é o Toni. Pode sair agora. Lembre-se do seguinte: ao sair do prédio, siga à direita por um quilômetro. Mandaremos mensagens pelo WhatsApp explicando o caminho. Mantenha a velocidade em quarenta quilômetros por hora.

Quando Aldemar saiu do prédio, Paula avisou:

— Ele está saindo. Não tem ninguém acompanhando.

Aldemar não tinha andado trezentos metros quando recebeu uma mensagem: "No terceiro farol, vire à direita". Assim foi, de mensagem em mensagem. Passou perto de Ricardo, que avisou que ele continuava no caminho e sem ninguém seguindo.

Na última mensagem, Aldemar recebeu a ordem de pegar uma estrada, dirigir a oitenta quilômetros por hora e ir até o quilômetro trinta e dois, onde teria que entrar à direita, numa pequena estrada de terra. A entrada da estrada seria facilmente reconhecida, já que estaria indicada por uma estaca com um pano vermelho, que havia sido colocada lá por Nelson algum tempo antes. Nessa estrada Aldemar deveria seguir por quinhentos metros.

Não foi problema encontrar a estrada de terra. Era deserta, esburacada e ladeada de árvores pelos dois lados. Aldemar foi bem até encontrar uma bifurcação. Não sabia para qual lado seguir. Parou o carro e esperou uma nova mensagem.

Nada! Começou a ficar nervoso. Pegou o celular com as duas mãos, quase espremendo o aparelho, como se pudesse fazer alguma mensagem chegar. Estava tão absorto que, quando Nelson bateu no vidro da sua janela, ele quase teve um ataque do coração.

— Deputado, e o dinheiro?

— Está aqui — disse Aldemar, pegando a maleta e tentando sair do carro.

— Não, pode ficar aí mesmo. Passe a maleta pela janela.

Aldemar entregou a maleta.

Nelson verificou o conteúdo e disse:

— Está tudo ok.

Nelson colocou a mão no bolso e pegou um pequeno *pen-drive*, um pouco maior do que uma unha. Entregou o equipamento para Aldemar e orientou o parlamentar:

— Quando você for visitar o ministro, você vai instalar este *pendrive* no computador dele. Aqui só tem um arquivo. Você vai clicar nele e pedir para executar. Isso tudo não levará mais do que trinta segundos. Não precisa se preocupar com mais nada. Não irá aparecer nada estranho no computador. Não se esqueça de retirar o *pendrive* assim que o programa for executado.

— E você acha que o ministro é idiota para me deixar usar o computador pessoal assim, sem mais nem menos?

— Sim, você vai visitá-lo e falar que recebeu quinhentos mil para o caixa dois do partido e gostaria de se livrar desse dinheiro o mais breve possível. Diga que se ele quiser você faz a transferência naquele momento mesmo. Como a quantia é pequena em comparação ao que ele deve estar acostumado a manipular, talvez ele queira receber na hora.

— Toni, você acha que é assim que a coisa funciona? De onde vou tirar o dinheiro?

— Deputado, você sabe que é assim mesmo. Você vai tirar da sua conta. Além disso, acreditamos que o ministro estará fortemente tentado a passar essa quantia para o próprio bolso, já que a grana não vai sair diretamente da conta de nenhum empresário. E se o dinheiro for descoberto, ele sempre poderá jogar a culpa em você. Quanto ao valor da transferência, você peça logo para o gerente do seu banco autorizar a transação. Diga que é para uma compra qualquer, ou até que é uma dívida que você tem com o ministro.

— Isto tudo vai ficar registrado no banco — disse Aldemar.
— É um perigo. E a arma e o filme, quando eu recebo?
— Você vai receber a arma e o filme assim que o arquivo for instalado. Quanto à transação bancária, você vai conseguir achar uma boa desculpa. O ministro nem vai se preocupar se esse dinheiro vier da sua própria conta corrente. Você tem quatro dias para entrar em contato com o ministro. Pode estar certo de que nós saberemos se você fez o serviço ou não. Quando o programa estiver instalado, nós lhe devolveremos o celular e a arma.

— Eu vou ser um homem morto depois disso.
— Não — disse Nelson. — Nada irá ocorrer de imediato. Você terá muito tempo para deixar tudo esfriar até sumir. Nós não queremos nada urgente e estaremos vigiando você o tempo todo. Fique tranquilo. Já vimos que a nossa conta no exterior foi abastecida. Falta pouco para você ficar livre. Eu telefonarei, mas agora vire o carro e vá embora.

Aldemar não demorou nem mais um minuto, obedeceu à ordem como um carneirinho. Ligou o carro e foi embora.

Nelson carregou a maleta para o carro que estava escondido atrás das árvores. Mandou uma mensagem para o grupo: "Tudo feito. Estou com a encomenda".

26. Os amigos III

Assim que Nelson mandou a mensagem, Paula e Ricardo foram encontrá-lo. Nelson chegou em sua casa pouco depois dos dois. Simone já estava inteirada das novidades e havia colocado um espumante para gelar. Todos sentaram na sala enquanto Nelson foi buscar a garrafa na geladeira. Assim que voltou, abriu o espumante e serviu a todos.

— Um brinde a nós. Pelo sucesso da primeira etapa — disse Nelson.

Ricardo lembrou a todos que tudo aconteceu mais fácil do que estavam esperando. Ele recordou que, quando sugeriu aplicar o primeiro golpe em Aldemar, nem imaginou que poderiam ir além, mas agora estava ansioso para a próxima etapa. Um corrupto já foi, agora que venha o próximo! E esse seria um dos chefões da quadrilha.

— Saúde! — gritou Paula, e todos brindaram, rindo.

Nesse tempo Nelson, que tinha ido buscar seu laptop, fez uma chamada com Marcelo e Sérgio pela internet. Eles brindaram à distância. Marcelo, que ainda estava no trabalho, brindou com um copo de água.

Sérgio avisou que estava pronto para a segunda etapa.

— Assim que o programa for instalado, nós passaremos a monitorar o ministro.

Paula, que estava conversando com Simone, interrompeu a conversa dos rapazes.

— E Josias, como ficou a situação dele?

— Ele está feliz — disse Nelson. — Eu telefonei para ele avisando que o dinheiro estava numa conta no exterior. Ele não é mais o capanga do Aldemar, e até já virou amigo da nossa turma. Está doido para tudo acabar e sair do esconderijo.

— E os dois policiais? — perguntou Ricardo. — Eles também receberam a parte deles?

— Sim, distribuí logo depois de receber a maleta do Aldemar. Eles também irão nos apoiar quando chegar a hora do ministro. Agora temos o suficiente para cobrir todas as despesas que tivemos e as próximas.

Marcelo, que acompanhava tudo on-line, avisou que ia desconectar, mas gostaria de saber se dava para confiar no Aldemar.

— Depois de ver como Aldemar reagiu, acho que posso considerá-lo esperto, mas certamente não é um cara inteligente — disse Ricardo. — Ele conseguiu chegar aonde está devido à esperteza e à truculência, mas se fosse uma pessoa inteligente, ele não se deixaria cair tão facilmente na cilada que armamos. Ele parece estar totalmente acuado e sem tranquilidade para pensar direito.

— Acho que você tem razão na sua análise, Ricardo — disse Nelson. — E...

— Pessoal — interrompeu Marcelo. — Entendi tudo, mas vou desligar.

Sérgio aproveitou a deixa e também se despediu.

— Bom divertimento para vocês. A gente vai se comunicando.

Nelson fechou o laptop e lembrou que teriam que discutir alguns outros pontos do plano deles.

— Devo telefonar para o Aldemar amanhã ao final da tarde.
— Vou ver se ele já tomou alguma iniciativa para falar com o ministro.

— Certo — disse Ricardo. — Talvez ele tenha que ser instruído um pouco mais sobre o que fazer.

— Com certeza. Pode deixar, eu vou fazer isso.

— E como saberemos que o programa foi instalado? — perguntou Paula.

— Assim que o programa estiver instalado no computador do ministro, Marcelo e Sérgio vão receber uma notificação, além de começarem a receber todas as mensagens dirigidas para o ministro. Eles passarão a monitorar tudo a partir desse momento.

— Nelson, nós poderíamos usar Josias para levar a arma e o filme para Aldemar, depois que o programa estiver instalado — sugeriu Ricardo. — Se o Josias aparecer novamente com uma cara de quem foi sequestrado, talvez o Aldemar fique mais assustado ainda. Aí ele é capaz de sumir mesmo. O que acha?

— Acho uma boa ideia. Eu estava pensando mesmo em entrar em contato com ele para fazer isto. Se o Josias aparecer na frente do deputado com uma cara sofrida, isso vai impedir o Aldemar de fazer algo contra a gente. Aliás, como você apareceu como parceiro de Josias, também seria bom que ele falasse para Aldemar que você foi assassinado. Assim você pode sumir desta terra e voltar sossegado para São Paulo.

— Perfeito — disse Paula. — Já que Josias está trabalhando para nós, vamos aproveitar. Ele será muito mais convincente.

— Então está combinado — disse Nelson.

— Ah, e antes de ele devolver o celular, faça uma cópia do vídeo — lembrou Paula.

— Ok, Paula — concordou Nelson. — Mas não esqueça que esse vídeo não vale nada, pois não existe corpo. A única pessoa que acha que alguém morreu é o próprio Aldemar. Não sei se ele seria condenado apenas com essa evidência. Também precisamos ver se a gente aparece no vídeo. Eu creio que não, mas vou assistir de novo com mais atenção.

— Deixa comigo — disse Ricardo. — Você já pode me passar uma cópia.

— Pessoal, chega de conversa e vamos jantar.

Nelson convidou todos para a sala de jantar, onde Simone já tinha aprontado a mesa. Foram servidas uma salada e uma massa que Zefa tinha preparado durante o dia.

Simone abriu uma garrafa de vinho e propôs um novo brinde.

— Devo dizer que eu senti muito medo quando vocês começaram a planejar isso tudo. Ainda mais com relação ao Nelson. Ele sempre foi muito consciente e equilibrado. Eu não gostaria de viver aventuras que desestruturassem nossa vida. Entendo perfeitamente o desejo de vocês. Assim como vocês, eu também estou descontente em ver como as coisas andam neste país, mas tenho medo. Brindo pela coragem que tiveram, brindo por Paula e Ricardo, que iniciaram a aventura, e por Nelson, que conseguiu sossegar meu espírito. Nem sei como chegamos a esse ponto, mas torço para que a sequência seja de sucesso.

Nelson estava emocionado. Agradeceu à esposa pela paciência que teve ao tomar conhecimento do que planejavam e, mesmo com todos os receios que ela tinha, por ter continuado apoiando o grupo.

— Eu quero falar algo — disse Ricardo. — Acho que tivemos sorte em tudo. Acredito que o acaso rege a maior parte do que fazemos. O que faz as pessoas se encontrarem? Terem uma grande amizade? Se odiarem? Sei que tudo depende do equilíbrio mental de cada um, mas mesmo que alguém tenha grande consciência da vida, ainda assim o acaso dirige muito dos nossos passos. Amor intenso e ódio são sentimentos extremos, que surgem quando não há equilíbrio mental. O acaso nos uniu e o acaso também está fazendo que tudo ocorra como planejado. Pensem em tudo que poderia ter dado errado. Por sorte nós temos um grupo de amigos formado por pessoas equilibradas, não é?

— Ainda que ligeiramente desajustadas — interrompeu Nelson, rindo. — Pelo menos, eu espero que a gente não faça parte dos idiotas deste país que são tão errados quanto alguns dos nossos corruptos, pois parece que cada um nesta terra gosta de levar vantagem em qualquer coisa.

— Tudo bem, Nelson, acho que somos todos honestos e corretos. Mas eu gostaria de lembrar outra coisa. Nossa união e nosso grupo são mais do que muita gente tem. Não sei se amanhã estaremos juntos. O acaso nos uniu muitos anos atrás e vai ditar onde estaremos amanhã, mas estou muito feliz pela sorte de estar aqui agora e espero que o acaso não nos separe nunca.

— Vocês estão ficando meio tontos com a bebida — interveio Paula. — Eu gostaria de lembrar que o fato de estarmos juntos não se deve somente ao acaso, mas também ao desejo de mudar esta droga de país, de compartilharmos o sentimento de vergonha de estar num país extremamente desigual, onde a maioria da população é deixada desinformada, sem ensino e sem conhecer seus direitos, para que possa continuar votando nesses sanguessugas que estão por aí.

— Calma, Paula — disse Nelson. — Você está com o discurso que nossa turma fazia vinte anos atrás!

— É verdade — concordou Ricardo. — O pior é que parece que tudo que ocorreu neste país aconteceu apenas para confirmar um ditado antigo: "Vamos mudar tudo, para que tudo fique como está". A grande vontade de mudar tudo acabou apenas gerando uma cara nova para o que já existia antes.

Simone abriu outra garrafa de vinho e disse:

— Acho que já estamos no meio do caminho para ficarmos bêbados. Vamos comer e terminar mais uma. É o melhor que podemos fazer agora.

* * *

No dia seguinte, Paula e Ricardo partiram. Nelson e Simone foram trabalhar. À tarde, Nelson ligou para Aldemar:

— E aí, deputado? Já marcou a reunião com o ministro?

27. Aldemar e o ministro

A ligação que pediu para o deputado marcar um encontro com o ministro deixou Aldemar mais perturbado ainda. Ele estava passando por momentos de euforia e depressão. Não sabia para onde correr. Não compreendia muito bem o que tinha acontecido nos últimos dias, mas também não via a hora de se livrar de tudo aquilo e sumir no mundo. Pelo menos ele tinha o telefone pessoal do ministro e em algum momento criaria coragem para ligar.

A primeira tentativa caiu na caixa postal. O ministro devia estar ocupado. Aldemar deixou uma mensagem: "Preciso bater um papo com você. Por favor, se puder me ligar ou mandar uma mensagem avisando quando eu posso ligar, eu ficaria muito grato. Abraços".

Tarde da noite o telefone de Aldemar tocou. Era o ministro.

— E aí, Aldemar, como vai? Queria falar comigo?

— Tudo bem, ministro? Eu estou indo mais ou menos e realmente precisava falar com você.

— Certo, Aldemar. Eu estou sabendo que você não está muito bem de saúde e que se afastou por um tempo, mas espero que esteja se cuidando.

— Estou, ministro. É um pouco de estresse, então o médico pediu para eu repousar por um tempo.

— Procure descansar, Aldemar. Estresse mata. Eu também gostaria de passar um tempo longe dos problemas, mas parece que nunca tenho tempo. Hoje atendi o pessoal do Ministério até oito e meia da noite. Cheguei para jantar aqui em casa e ainda recebi dois telefonemas. Tem sempre alguém querendo alguma coisa.

— Ministro, eu não estou querendo nada. Muito pelo contrário, eu até quero lhe dar alguma coisa.

— Aldemar, assim você me deixa contente. É a primeira pessoa em duas semanas que me traz algo que não seja um problema. Do que se trata?

— Sabe aquele fazendeiro latifundiário no Tocantins? Um que pediu uma estrada beirando as terras dele.

— Sei. A verba saiu e a estrada está pronta.

— Pois é. Ele ficou muito contente e as terras dele valorizaram bastante. Tanto que ele decidiu fazer uma contribuição para nós.

O ministro corrigiu Aldemar:

— Você quer dizer para o partido, não é?

Aldemar sentiu que tinha usado as palavras erradas e imediatamente emendou:

— Isto mesmo, ministro, para o partido.

— Perfeito, Aldemar. Você pode encaminhar isso para o meu chefe de gabinete. Ele vai saber o que fazer.

— Sabe o que ocorre, ministro? O camarada passou o dinheiro direto para a minha conta. Ele não tem como justificar essa contribuição, pois o dinheiro parece ter surgido de uma venda superfaturada de produtos que ele fez com algum órgão governamental. Para ser sincero, eu não estou querendo esse dinheiro na minha conta.

— Aldemar, vamos discutir isso pessoalmente em vez de pelo telefone? Passe em casa amanhã durante a noite. Pode ser lá pelas dez horas? Antes disso, eu vou estar ocupado.

— Compreendo, ministro. Amanhã passarei na sua casa.

— Até amanhã, Aldemar. E veja se leva uma vida mais tranquila. Não vai se meter em mais problemas.

— Até amanhã — despediu-se Aldemar. Ele percebeu, pelo jeito do ministro de falar, que o filho da puta sabia de toda a história da garota que o enrolou no motel. Ele sentia vergonha, queria que todos soubessem que ele havia se vingado daquela vaca, mas ficava aterrorizado só de pensar que alguém soubesse que ele tinha atirado nela. Teve quase certeza do porquê o ministro ter escolhido aquele horário tão tarde. Ele provavelmente não queria que o encontro fosse visto por ninguém, o que significava que Aldemar estava realmente queimado em Brasília.

* * *

No dia seguinte Aldemar chegou pontualmente às dez da noite na casa do ministro. A empregada abriu a porta e levou Aldemar até a sala de estar, onde o ministro estava tomando um uísque.

— Oi, Aldemar, você chegou bem no horário. Desculpe não ter te convidado para o jantar, mas hoje foi um dia muito corrido e acabamos pedindo algo para comer no próprio Ministério. Você toma algo?

— Eu acompanho num uísque.

O ministro serviu um copo de uísque com gelo para Aldemar.

— Muito bem, conte-me tudo — disse o ministro.

— O fazendeiro de quem comentei ontem acabou passando o dinheiro direto para a minha conta. Isto é, para o partido. Mas eu não posso deixar esse dinheiro onde está.

— Entendo, esse é um caixa dois que não poderá aparecer mesmo, já que o camarada não quer fazer uma contribuição declarada. Foi por essa razão que eu não quis resolver nada por telefone. De quanto se trata?

— Quinhentos mil — disse Aldemar.

— Até que não é um valor muito grande — disse o ministro.

O que Aldemar não sabia é que o ministro já havia pensado no que fazer com o dinheiro. Se a quantia fosse pequena, ele teria muitas formas de esquentar o dinheiro e poderia até passar esse valor para a sua própria conta.

— Aldemar, creio que você pode passar esse valor direto para a minha conta. Eu vou lhe passar os dados e você faz isso o mais breve possível.

— Ministro, hoje mesmo eu falei com o meu gerente do banco e pedi para que fosse autorizada uma transferência da minha conta nesse valor. Posso fazer isso já.

— Não precisa ser assim tão rápido. Amanhã você faz.

— Ministro, eu posso fazer isso pelo seu computador. Se eu puder fazer hoje, fico até mais tranquilo. Realmente não estou querendo ficar com todo esse valor na minha conta.

— Certo, Aldemar. Eu vou apanhar o meu laptop e você faz isso agora.

O ministro saiu e Aldemar pegou o pequeno *pendrive* no bolso da camisa. Ele teria que agir rápido.

Quando o ministro voltou com o computador, Aldemar disse que seria melhor se ele se sentasse à mesinha que ficava no canto da sala. Ele carregou o laptop para lá e, de costas para o ministro, inseriu o pequeno *pendrive* no aparelho. Por sorte, o ministro ficou sentado no sofá, saboreando o seu uísque.

Antes de entrar na internet para fazer a transferência, Aldemar abriu o conteúdo do *pendrive* e pediu para executar o programa "dona_rosa". Enquanto a instalação era feita, ele abriu a página do banco e começou a fazer a transação bancária. Não havia terminado a transferência quando o sinal do arquivo já tinha sumido. Ele retirou o *pendrive* e o guardou novamente.

— Pronto — disse Aldemar, dirigindo-se ao ministro. — Está feito. O valor deverá cair na sua conta amanhã. Assim eu não preciso me preocupar mais com isso.

— Obrigado, Aldemar. Gostaria que todos os membros do partido fossem como você: rápidos, ágeis e sempre contribuindo para o fortalecimento de nossos ideais.

No íntimo, o ministro pensou o quanto Aldemar era idiota, mas não deixou de ficar muito contente com o excelente presente que ele tinha oferecido. Aquele dinheiro seria bem gasto e ele nem teve muito trabalho para obter aquele favor.

Enquanto o ministro sonhava com o valor que tinha ganhado, Aldemar pensava que estava livre daquele abacaxi, e o ministro que se ferrasse. Aquele programa provavelmente iria trazer algum problema para o ministro. Ele não sabia qual, mas isto era outra história, só queria se livrar da chantagem que estava sofrendo.

Os dois continuaram a beber. Aldemar estava começando a relaxar e o ministro estava descontraído. Um planejando sair do país ou morar numa praia escondida, e o outro pensando na farra que faria com parte do dinheiro que recebera. O ministro até pensou em convidar um amigo industrial para uma das orgias que programava na fazenda de outro correligionário. Afinal de contas, o industrial poderia providenciar algum outro agrado.

Era meia-noite quando Aldemar saiu da casa do ministro. No dia seguinte, logo pela manhã, ele recebeu um telefonema:

— Deputado, aqui é o Toni. Vimos que você conseguiu fazer o que lhe pedimos.

— Sim. Agora eu quero a arma e o filme.

— Nós vamos verificar se está tudo certo com o programa que você instalou. Vamos soltar o seu capanga e ele vai levar o que você quer.

28. Nelson, Josias e Aldemar

Não tardou muito para Marcelo enviar um e-mail para Nelson: "O programa está funcionando". A cópia de uma mensagem enviada ao ministro havia sido retransmitida para a conta que Marcelo e Sérgio haviam criado. De acordo com o que eles haviam combinado, seria feito um revezamento para verificar tudo o que entrava, saía e também o que o ministro digitava no computador.

Nelson enviou a mensagem para todos. "Está funcionando!"

Marcelo e Sérgio sabiam que o ministro não devia usar seu computador pessoal toda hora. O mais provável é que ele utilizasse enquanto estive em casa durante a noite, mas e-mails deveriam chegar com frequência. Todos os dias um deles faria uma leitura geral do que aparecesse na máquina.

Nelson telefonou para Josias e pediu para se encontrarem. Marcaram para a noite daquele mesmo dia.

Era um pouco mais de sete horas quando Josias chegou à casa de Nelson. Este achou que o outro estava com uma cara muito boa.

— Oi, Josias. Parece que você está muito bem. Acho que o dinheiro que ganhou te fez bem.

— Tenho que dizer que não foi mal, não. Eu estou pensando em me aposentar e me mandar daqui.

— Antes disso você vai ter que fazer um pequeno favor para a gente. Você vai devolver a arma e o celular com o vídeo do assassinato para o deputado.

— Tudo bem, eu posso fazer isso. Estou mesmo querendo voltar para Brasília; preciso arrumar meu apartamento e acertar minha vida.

— Certo, mas você não vai poder aparecer na frente do deputado com essa cara. Você tem que ir com a mesma roupa que ele viu você vestindo quando atirou na Paula. Se a roupa estiver limpa, trate de deixá-la bem suja e suada. Acho que você vai ter até que fazer uma maquiagem para parecer um pouco sofrido. A Simone já tinha pensado nisso, vou lhe dar o endereço de uma maquiadora que vai deixá-lo com uma cara mais abatida. Você vai dizer ao deputado que ficou preso até agora, e que o seu comparsa tentou fugir e foi assassinado. Já que você quer se aposentar mesmo, fale para ele que está com medo do que pode acontecer e vai parar de trabalhar. Fale que pensa em ir morar longe, distante de qualquer perigo, pois todo esse negócio foi muito perigoso e você não quer saber de encrenca com a polícia.

— Pode deixar. Eu vou saber como deixar o deputado assustado. Ele me conhece faz tempo e acha que eu não tenho medo de nada. Se eu mostrar que estou querendo desaparecer, ele também vai ficar com receio.

— Outra coisa, Josias. O dinheiro que você recebeu no exterior pode ser rastreado. Nós já fizemos o que era possível para não deixar nenhuma evidência, mas nunca se sabe se o deputado irá atrás de quem ficou com a grana. Seria bom você ir mudando de conta e aplicar esse dinheiro de alguma forma.

— Eu já estou pensando em comprar uma terra em um lugar do Nordeste, onde ninguém vai querer saber se eu estou com dinheiro ou não. Tem uma funcionária lá da Câmara, a Cidinha, que talvez queira juntar os trapos comigo.

— Ótimo. Vai em frente com tudo, e a gente continua mantendo contato. Procure não se expor de alguma forma que faça o deputado desconfiar de algo.

— Até mais, dr. Nelson.

— Até, Josias. Qualquer dúvida, não deixe de me telefonar. E nós também gostaríamos de manter contato com você, pois pode até surgiu um novo serviço.

* * *

No dia seguinte, Josias telefonou para Aldemar.

— Oi, doutor. Os caras me soltaram e eu já vou passar aí.

— Josias? É você?

— Sim, doutor. Os caras me abandonaram hoje cedo numa estrada não muito longe. Estou levando o berro e o celular. Pediram para te entregar.

— Venha logo. Quero saber tudo que aconteceu.

Alguns minutos depois, Josias estava no apartamento de Aldemar.

Quando Josias chegou, Aldemar levou um susto. O homem estava com uma cara bem abatida. O trabalho da maquiadora tinha ficado muito bom, principalmente as olheiras. Josias estava com o semblante de quem não dormia fazia muito tempo. Eestava vestido igual ao dia em que encenaram o assassinato de Paula, só que mais sujo. Josias tinha raspado as roupas numa pedra áspera, de modo que elas ficaram com um aspecto puído. A camisa, além de suja, tinha sido usada durante uma longa corrida no dia anterior e estava com um forte cheiro de suor.

— O que aconteceu, Josias?

— Eles me soltaram agora de manhã. Entregaram a arma e o celular e avisaram que estava tudo resolvido. O chefe deles disse que o senhor pode ficar tranquilo que nada vai ocorrer agora. Eu só não sei se eles fizeram alguma cópia do vídeo que estava no celular.

— Eu quero ver essas coisas — disse Aldemar, pegando a arma e o celular.

— Não se preocupe, doutor. Eu já vi que a arma e o celular são os mesmos. Acho que os caras não queriam enrolar.

— Josias, você tem alguma ideia do que eles querem? Eu estou muito preocupado. Eles me fizeram colocar um vírus no computador do ministro.

— Eu não faço a mínima ideia do que os caras querem, mas eu quero me aposentar, principalmente depois de tudo que ocorreu.

— O que ocorreu?

— Sabe o companheiro que me ajudou a sequestrar a jornalista?

— Sim.

— Ele não aguentou ficar preso esse tempo todo. Um dia os caras abriram a porta do quarto onde estávamos presos, e ele saiu correndo. Eu ouvi um tiro e nunca mais ouvi nada do camarada. Antes de passar por aqui eu tentei saber dele. Telefonei para um amigo em comum e para os vizinhos. Ninguém sabe dele. Acho que ele nunca mais vai ser encontrado. É muita coisa, doutor. Eu vou sumir também, não quero estar envolvido num assassinato.

— Josias, você já esteve em muita encrenca. Está com medo desta?

— O problema é que tem muita testemunha, doutor. Eles podem ter cópia do filme do assassinato. Não sei se vão achar o corpo, mas tem os caras que sabiam do sequestro da jornalista. E eu sou pé de chinelo: se bobear pego uma cana por muito tempo.

— Acho que você tem razão, Josias. Eu também estou querendo desaparecer.

— É o melhor que a gente faz, doutor. Vou acertar minha aposentadoria e sumir daqui.

— Josias, você não sabe de mais nada? Vocês não falaram nada para aquele pessoal?

— Doutor, eles já sabiam de tudo da nossa vida. Não estavam preocupados em saber mais nada. Só escutei que o senhor ia fazer um serviço para eles, mas não faço nem ideia do que poderia ser.

— Bem, deixa isso para lá. Josias, eu vou viajar para fora do país. Se você souber de qualquer coisa estranha, me avise. Nos próximos dias vou preparar tudo para a minha viagem. Se for necessário, eu telefono. Você ainda me deve algo, pois você falou que aquele revólver estava carregado com tiros de festim! Eu vou passar na Câmara amanhã. Vou pedir minha aposentadoria e me mudar em breve.

— Doutor, com certeza eu não quero saber de mais nada disso, e eu espero que o senhor também não fique encrencado. Eu não fazia ideia que tinha bala de verdade naquela arma. Tudo foi feito correndo, mas foi o senhor que pediu para arrumar a coisa o mais rápido possível.

— Vá embora, Josias. Vá cuidar da sua vida que eu vou cuidar da minha.

Josias saiu sem falar mais nada. Estava feito, e agora cada um deveria pegar seu próprio caminho.

* * *

Josias foi para casa. Retirou a maquiagem, tomou um banho, colocou uma roupa limpa e telefonou para Cidinha.

— Oi, Cidinha, como está?

— Josias, seu pilantra, eu estava com saudades. Você sumiu!

— Eu sei, tive que fazer muita coisa fora de Brasília para o deputado, mas agora vou passar uns dias livres por aqui.

— Isso está ligado com aquela encrenca em que o deputado se meteu?

— Sim, mas isso já foi resolvido. Você gostaria de jantar comigo essa noite? A gente pode dar um pulo no shopping, o que acha?

— Eu tinha umas coisas para fazer, mas posso deixar para outro dia. Acho que vai ser legal.

— Está bem. Posso te encontrar assim que você sair do trabalho?

— Pode.

— Até o final da tarde. Um beijo.

— Tchau. — Cidinha desligou o telefone e estava com o queixo caído. Josias mandando um beijo! Será que o homem ficou doido? Ou o coração dele amoleceu? Ela, que já tinha perdido as esperanças, começou a sonhar novamente.

* * *

Depois de Josias ter saído, Aldemar verificou a arma e o celular. O celular estava com a bateria quase descarregada, mas tinha energia o suficiente para ele poder assistir ao vídeo. Estava um pouco ruim e tremido, mas tinha a cena dele atirando e a garota morrendo. A arma era a mesma que tinha usado. O deputado limpou o revólver para tirar qualquer vestígio de impressão digital. Apagou o que estava registrado no celular e decidiu jogar tudo no lago depois.

Aldemar tinha verificado suas contas no país e no exterior. Tirando o que sua mulher levara no rápido divórcio, o que os chantagistas extraíram e até o que ele depositou na conta do ministro, ele ainda tinha uma considerável fortuna. Ainda possuía um imóvel que sobrara da separação, uma pequena fazenda no norte do país e um imóvel em Miami que tinha escapado da partilha de bens. Telefonou para a sua agência de viagem e comprou uma passagem para os Estados Unidos, com a volta programada para dali dois meses. Pediu para Clarice acertar seu afastamento do Congresso por motivos de saúde. Bastaria ela retirar com um médico amigo do parlamentar um atestado de saúde de dois meses para tratamento no exterior. Se nada de estranho ocorresse nos próximos dois meses, ele até teria uma chance de retornar ao Brasil.

29. Marcelo e Sérgio II

Desde que receberam a primeira notificação de que um e-mail havia entrado no computador do parlamentar, Marcelo e Sérgio vinham se revezando para verificar toda a movimentação no computador do ministro. Se quisessem ter provas de qualquer desvio, eles teriam que juntar muito material.

A maior parte do que chegava era lixo. Também tinha muito material relacionado ao trabalho, pedidos de deputados e senadores, além de algumas trocas de mensagem que não faziam muito sentido, já que eles estavam começando a se inteirar sobre a vida do ministro somente naquele momento. Algumas mensagens tinham indício de favorecimento de empresas, mas faltavam detalhes para entender o que estava acontecendo. Eles perceberam que tinham acesso a tudo que o ministro digitava e chegava, porém não tinham acesso a arquivos e e-mails antigos. Isto não seria problema, pois em algum momento iriam quebrar as diferentes senhas do computador e acessar mais dados. Seria um trabalho lento.

A primeira coisa que chamou a atenção dos amigos foi a movimentação na conta bancária do ministro. Ele havia transferido parte do dinheiro depositado por Aldemar para uma aplicação monetária. Aquilo já deixava claro que a pretensa doação ao partido iria virar um bom rendimento pessoal. Sérgio ficou entusiasmado com aquela informação, já que para fazer isso o ministro havia entrado no site do banco e digitado sua senha. Sérgio se preparou para estourar um champanhe, mas acabou frustrado, pois para fazer certas movimentações era necessário ter uma senha que era enviada para o celular do ministro. A ideia de fazer Aldemar depositar o dinheiro na conta do ministro foi perfeita, eles passaram a ter informações sobre a conta do vigarista, porém estavam limitados ao que poderiam fazer com a conta.

Dias depois, Marcelo e Sérgio discutiram a possibilidade de interceptar o sinal de celular do ministro. Conversaram sobre isso com o resto do grupo, porém a ideia foi abandonada. O ministro provavelmente teria um bloqueador de sinal ou misturador de conversa, então acharam que seria difícil espelhar o celular dele. Decidiram esperar para obter mais dados. Eles continuaram enviando relatórios sistemáticos para Nelson, Ricardo e Paula. Perceberam que até poderiam retirar dinheiro da conta do ministro e passar para uma conta desse mesmo banco.

Quando essa parte foi informada ao grupo, Ricardo cogitou a possibilidade de abrirem uma conta no nome de um laranja. Poderiam até pedir para Josias fazer esse papel. A ideia foi abandonada quando o próprio Ricardo falou que poderia conseguir uma documentação falsa para abrir uma conta no mesmo banco do ministro, para que não houvesse necessidade de colocar novamente mais alguém na trama, mesmo que fosse Josias, alguém em quem passaram a confiar.

Nas trocas de e-mail, Nelson perguntou como Ricardo ia fazer isto. Ricardo informou que tinha um amigo parecido com ele, com quase a mesma idade, mas que morrera de cirrose algum tempo atrás. Esse amigo era de uma pequena cidade do interior, onde a família de Ricardo tinha vivido durante o tempo de criança. Eles mantiveram contato por muito tempo e, quando o colega morreu, Ricardo e outros amigos tinham ajudado com o enterro e a distribuir o pouco que este amigo tinha. O camarada não tinha mais ninguém na vida e não deixou muitos rastros. Ricardo estava apostando na possibilidade de conseguir a certidão de nascimento do amigo, ou até algum outro documento. A partir destes, ele poderia obter outros. Existia uma boa chance de conseguir toda a papelada original com a identidade do morto, suficiente para abrir uma conta no banco do ministro. A sorte é que muitos locais não estavam informatizados, ainda mais naquela cidadezinha em que o amigo de Ricardo tinha vivido. Ricardo acreditava que assumir a identidade do morto não seria difícil. Tudo ficaria pronto até o momento em que eles estivessem preparados para extrair algum dinheiro da conta do ministro.

Nelson concordou com a ideia, mas avisou que, se porventura sumissem com algum dinheiro do ministro, teriam que achar novas contas para transferir o dinheiro imediatamente.

Paula lembrou que o objetivo não era ficarem ricos, e se em algum momento tirassem qualquer valor da conta do ministro para a conta falsa de Ricardo, eles poderiam fazer doações para instituições de caridade, pulverizando o dinheiro e tornando muito difícil o ministro reaver o que lhe fora tirado.

Aquele era mais um sonho do grupo. A proposta de Paula foi aprovada por todos sem pestanejar, deixando claro que aquela seria a última movimentação que fariam na conta do ministro. O importante era encontrar informações que realmente mostrassem o bandido que o camarada era. Se encontrassem provas suficientes, talvez conseguissem que aquele corrupto de primeira linha passasse um tempo na cadeia.

* * *

    O primeiro e-mail que despertou a atenção de todos foi quando um grande empresário avisou que estaria em Brasília dentro de cinco dias, e que ambos precisariam conversar sobre a questão da desoneração de impostos. Aquilo despertou a curiosidade dos amigos, porque o empresário era do ramo da comida industrializada e da agropecuária, mas o ministro não tinha nada a ver com desonerações de impostos.

    Todos do grupo sabiam que algumas desonerações de impostos podiam significar milhões de ganhos para os empresários — e alguns milhões de caixa dois para os partidos. O ministro tinha poder suficiente para mover os pauzinhos e conseguir esse tipo de benefício para aquele e outros empresários do ramo. Nelson e Paula não só passaram a ver os comentários que Marcelo e Sérgio mandavam, como também a verificar o andamento de todos os projetos na Câmara e no Senado que tivessem algo a ver com aquele assunto. Tinham que achar uma correlação entre o andamento de um possível projeto e datas de e-mails trocados.

    Vários dias depois, outros e-mails chamaram a atenção de Marcelo e Sérgio. O ministro havia convidado três empresários para uma festa na casa dele no fim do mês. Posteriormente, chamou mais cinco deputados, os quais pertenciam ao círculo mais íntimo do ministro. Os e-mails desse grupo eram mais estranhos. Um dos convidados perguntava: "E aí, vai ter festejo?". Outro questionava: "Só entre nós, não é?". E outro comentava: "Vou preparado?". Para todos foi enviada a mesma resposta: "Sim".

    Teve outro e-mail estranho relacionado à festa. Foi convidado um deputado novinho que não era do partido do ministro. Nelson, que conhecia bem os subterrâneos de Brasília, sabia que aquele deputado estava um pouco perdido. Estava na primeira legislatura, não tinha grande experiência e estava pronto para ser cooptado pelas feras da Câmara. O ministro provavelmente estava querendo enrolar mais um na teia dele.

Deu para perceber como seria a festa quando eles interceptaram um e-mail dirigido a um funcionário do ministério, que infelizmente não conseguiram identificar, com os seguintes dizeres: "Mande uma mensagem para a Júlia e peça doze garotas para sábado que vem. Diga a ela que eu quero todas as meninas de primeira classe".

Ciente desse fato, Ricardo sugeriu que pedissem para Josias fazer o acompanhamento da festa. Todos concordaram. Josias ainda estava em Brasília e devia trabalho pelo tanto que tinha faturado com o grupo de amigos. Quando o ex-capanga foi chamado, ele ficou até contente, pois estava precisando se divertir um pouco.

Josias era realmente bom no serviço de espionagem. Filmou a chegada de todos, inclusive das meninas, e até registrou o barulho da festa. Mandou tudo para Marcelo e Sérgio, que estavam incluindo as informações em um dossiê contra o ministro. O que já havia sido acumulado era suficiente para abalar o moral do ministro, mas não estava evidente se seria o bastante para deixá-lo atrás das grades.

Depois da festa a dupla de hackers colheu outro conjunto de e-mails interessantes. O ministro trocou mensagens com um dos deputados da festa sobre o parlamentar estreante que tinha sido convidado. Os textos eram curtos, e Sérgio e Marcelo mandaram para os amigos um relato resumido do que tinham interceptado: 1) Ministro se dirigindo ao deputado: "Carlos, nós filmamos o garoto (estreante) conversando com os empresários e também no quarto com duas meninas"; 2) Resposta do deputado Carlos: "Acho que assim ele fica enrolado com nosso grupo"; 3) Ministro: "Provavelmente não vamos precisar usar nada do material que temos. Conversei com ele e o garoto está muito acessível. Percebeu que pode levar vantagem"; 4) Deputado Carlos: "Perfeito, vamos usá-lo para negociar a nossa porcentagem, ele poderá fazer toda a intermediação e nós não estaremos diretamente ligados ao caso"; 5) Ministro: "Carlos, esse garoto poderá ser bem útil e terá algum futuro no partido dele. Veja se ele acerta a nossa parte em pelo menos 6%. Conforme ele for trabalhando, veremos se vale a pena trazê-lo para nosso partido".

Aquelas mensagens eram o que o grupo tinha de mais forte até o momento. Eles tinham fotos dos empresários, do deputado novato, toda a troca de e-mails entre o ministro e o deputado Carlos e até o valor da porcentagem que os parlamentares iam receber. Só que Marcelo e Sérgio, que seguiam todas as mensagens do ministro atentamente, ainda estavam na dúvida. Aquela negociação estava relacionada com alguma obra passada ou nova? Como eles, ou a Polícia Federal, poderiam cruzar os dados dessas informações? As evidências que tinham seriam aceitas como prova definitiva num tribunal, já que tudo tinha sido obtido clandestinamente?

Esses dados martelavam na cabeça de Marcelo e Sérgio. Às vezes, eles até tinham dúvidas sobre o que enviar no resumo que faziam para o grupo. Até onde ir? Finalmente, decidiram enviar um e-mail comum para todos os amigos: "A gente precisa se reunir!".

Paula mandou uma resposta imediata: "Convido todos para um fim de semana aqui em casa".

30. Os amigos IV

Numa sexta-feira à noite já estavam todos na fazenda de Sueli e Paula. Foi uma alegria só, pois fazia muito tempo que os amigos não se reuniam. Nelson e Sérgio apareceram com as respectivas esposas. Marcelo até tinha pensado em convidar a garota que Sérgio e Luísa tinham lhe apresentado, mas desistiu no último momento. Ao chegar, ele já estava pensando em convidar Ricardo para dar uma volta na cidade, para conhecer a mulherada da região.

Sueli, que não via aquela turma reunida fazia muito tempo, estava felicíssima. Quando viu Sérgio, foi abraçá-lo com uma mão no alto e outra embaixo, como se fosse agarrá-lo pelo saco. Sérgio se lembrou da discussão que tiveram muitos anos atrás e deu um salto para se desviar. Todos começaram a rir, exceto Luísa, que não conhecia a história. Pareciam crianças.

Sueli não tinha mudado muito, apesar de ser possível notar alguns traços da idade. Era uma mulher madura, vestia-se com certa classe. Marcelo até comentou que ela estava parecendo uma senhora da alta sociedade. Sueli retrucou:

— Eu sempre fui e sou a mesma, é que agora a Paula me faz tomar um banho de loja, mas pode ter certeza que eu não fiquei fresca.

— Marcelo, quando começa o dia, minha mãe já está trabalhando com os peões — disse Paula. — Tenho certeza que ela trabalha mais duro que você.

— Está certo, mas não precisa esculachar.

— Vamos tomar uma caipirinha e nos preparar espiritualmente para o jantar que minha mãe fez. Ela andou se aprimorando na culinária e vocês vão ficar surpresos com a comida.

Depois da caipirinha e de uns petiscos, todos se sentaram à mesa. Sueli tinha preparado um leitão assado maravilhoso, e todo o jantar estava tão bom que ninguém estava preocupado em conversar. Até que Nelson resolveu falar:

— Pessoal, até onde vamos? Será que já está na hora de entregar o que sabemos para o Ministério Público?

— Eu acho que devemos conseguir um pouco mais de evidências — disse Ricardo.

Sérgio lembrou que eles já tinham uma quantidade razoável de informações, mas se a Polícia Federal confiscasse o computador do ministro, eles poderiam encontrar muito mais.

— Ainda assim, eu acho que devemos esperar um pouco mais — insistiu Ricardo. — O ministro pode limpar os dados de tempos em tempos. Fora isto, precisamos ter certeza de que no momento que entregarmos as informações obtidas não haverá qualquer vazamento, fazendo que a ação se torne de conhecimento do ministro e ele ganhe tempo de apagar provas.

— Eu reconheço que é uma decisão complicada — interveio Nelson. — Talvez a gente consiga mais informações, e só com elas seja mais garantida a prisão do ministro. Podemos votar para saber qual o melhor caminho.

Sueli, que não estava entendendo nada, perguntou do que se tratava tudo aquilo.

— Pessoal — disse Paula —, até agora eu não contei nada para minha mãe. Ela não faz a mínima ideia do que está acontecendo. Eu não tive coragem de contar para ela. Ricardo, será que você não poderia contar o caso do ministro? Talvez não precise de todos os detalhes — sugeriu ela, dando uma piscada para o amigo.

Ricardo começou a contar os últimos acontecimentos para Sueli. O relato durou mais de meia hora e em determinados momentos Nelson, Marcelo e Sérgio incluíam um ponto ou outro.

O semblante de Sueli ia mudando aos poucos, na maior parte do tempo parecia apreensivo. Quando a versão açucarada de toda a história terminou, já que Ricardo suprimiu algumas das partes que a deixariam muito brava, Sueli perguntou como os quatro patetas tinham deixado a sua filha se enrolar naquela loucura.

Ricardo foi o primeiro a proteger Paula.

— Sueli, foi ela quem quis participar. E ela é bastante adulta para tomar tal decisão. No primeiro momento, eu fui contra, mas ela me convenceu que tinha plena consciência do que estava fazendo.

— Mãe, depois de tudo o que você já fez na vida, você não pode me repreender por isso — disse Paula.

— Eu concordo, minha filha. Tenho saudades do tempo do Brás e, apesar de tudo o que aconteceu naquela época, acho que vocês não fazem ideia do que passei na vida. Paula, você tem idade e o direito de fazer o que quiser, mas eu fiz muito por você, e hoje eu não gostaria de vê-la envolvida em qualquer problema.

— Mãe, a senhora e todos vocês, que foram meus pais postiços, me deram a força para ser quem eu sou hoje e fazer o que estou fazendo. Eu sou resultado da criação de vocês, e sei que todos, até a senhora, estão cansados de ver a situação deste país e deste povo. Estão angustiados e procurando fazer algo para que as coisas mudem. Não sei se estamos fazendo a coisa certa. Até Nelson, que é o mais equilibrado de todos nós, apoiou esse plano. Ricardo, que tanto me ensinou sobre história, filosofia, livros, conversou muito comigo para que eu não entrasse nessa. Este é um caminho talvez desesperado, mas só o futuro dirá se é o caminho que nos restava no momento. Na verdade, isso tudo tem servido como um grande desabafo, e estou me sentindo forte com tudo o que ocorreu.

Simone, que estava quieta até então, começou a falar:

— Sueli, eu também estava em dúvida e tinha muito receio de perder as regalias que hoje tenho se algo desse errado. Por outro lado, eu sei que temos uma vida muito melhor que a de muitos. Aliás, nós todos estamos bem. Talvez nós, que temos consciência de toda a crise existente no país, podemos ser aqueles que podem fazer algo para que a situação mude.

— Olha — começou Sueli —, eu sou um pouco mais velha que vocês, já vi o diabo nesta vida, mas acho que vocês voltaram a pensar como os jovens que conheci quase vinte anos atrás. Se isto é certo ou errado, eu não sei. De qualquer forma, eu fico preocupada com Paula, mas não vou recriminar nem ela nem vocês. Eu torço para que tudo acabe bem e vocês consigam o que querem.

— Eu proponho um brinde — disse Luísa.

— Esta é a noite das mulheres — disse Sérgio. — Vocês nos apoiaram até aqui, e espero que nos visitem na prisão se a coisa der errada.

Todos riram e a conversa continuou.

Após o jantar, Nelson voltou ao assunto com os amigos.

— Vamos votar? Aguardamos ter mais informações ou já entregamos o que temos ao Ministério Público? Quem é a favor de aguardar um pouco mais levante a mão.

Todos levantaram a mão. Inclusive Sueli.

31. Marcelo e Sérgio III

A vigília de Marcelo e Sérgio sobre as mensagens e a utilização do computador do ministro continuou.

Não demorou muito para Sérgio enviar um e-mail para Marcelo: "Verifique a movimentação de ontem à noite".

Como o programa que eles tinham bolado registrava todas as letras tecladas no computador, levou algum tempo para Marcelo conseguir montar o quebra-cabeça. Havia muita coisa digitada, mas o que chamou a atenção foram os nomes de dois sites em especial. Dois bancos. Depois de procurar na internet, Marcelo descobriu que um dos bancos ficava nas Bahamas e outro nas Ilhas Cayman. Havia muitos números. Um parecia indicar um valor alto. Outro poderia perfeitamente ser uma senha.

Foi bom todos terem decidido por esperar mais um pouco antes de entregarem as informações que tinham para a polícia. Aquelas contas bancárias seriam a corda que iria enforcar o ministro e a sua turma. O problema era desvendar os números. Será que eles conseguiriam entrar nas contas bancárias do ministro no exterior?

Sérgio e Marcelo começaram a trabalhar desenfreadamente para desvendar a forma de acessar as contas. Eles provavelmente tinham os dados e uma senha. Ficariam mais seguros se o ministro entrasse nessas contas pelo menos mais uma ou duas vezes. Eles lastimaram ter um bom conhecimento de computação, mas não ao nível de serem verdadeiros hackers ou ratos cibernéticos.

Os dois passaram a se telefonar com frequência. Estavam rendendo menos em seus respectivos empregos. Varavam a noite tentando achar a melhor maneira de entrar na conta sem deixar vestígios. E foi exatamente numa noite, vários dias após descobrirem a conta nas Bahamas, que Marcelo viu o ministro acessá-la novamente. Agora ele tinha certeza de qual era a senha. Telefonou para Sérgio e disse que na sexta-feira iria para a casa dele no interior. Ambos veriam o que poderia ser feito com aquelas informações. Marcelo enviou um e-mail para os outros amigos, avisando que Sérgio e ele tentariam entrar na conta do ministro. Pediu para eles torcerem e confiarem nos dois.

Marcelo chegou à casa de Sérgio às dez da noite. Cumprimentou Luísa, avisou que já tinha jantado no caminho e foi com Sérgio para o escritório. Os dois ligaram e conectaram seus laptops. Marcelo, que fora o último a checar tudo que o ministro tinha digitado, fez um resumo completo para Sérgio e mostrou a possível senha. Aparentemente, a senha no outro banco usava os mesmos números, apesar de ter dois caracteres a mais.

— Acho que podemos entrar na conta — disse Marcelo.

— O problema é que, se acessarmos, ele poderá perceber que isso foi feito na próxima vez que ele entrar — disse Sérgio. — A gente tem que lembrar que sempre aparece uma mensagem com a data da última entrada.

— Ok, Sérgio, mas em geral as pessoas não prestam atenção nisso. É algo que fica meio escondido em algum canto da tela. Bem, podemos esperar ele entrar novamente e aí entrar logo em seguida. Pois a conta não deve estar sendo usada a todo momento. Ele pode demorar muito para acessá-la novamente.

— Marcelo, isto significa que teríamos que ficar ligados o tempo todo esperando o ministro acessar a conta. Nós não temos tempo para mais nada, e ele entra muito pouco. Já foi difícil descobrir isso.

— Concordo. Já foi difícil descobrir essas informações e, por mais que a gente entenda de programação, nós realmente não somos ratos de computador. Teremos que arriscar.

— Não há dúvidas — concordou Sérgio. — Veja que já estaremos nos arriscando só pelo fato de nossa entrada poder ser rastreada. O banco pode localizar nossas máquinas. A única vantagem é que temos a senha, então teremos que torcer para não existir outro sistema de segurança além do que já vimos ser acessado pelo ministro.

— Vamos em frente, então — disse Marcelo.

Marcelo entrou no site do banco e começou a digitar os dados, inseriu a senha e, após alguns segundos de suspense, a tela inicial da conta do ministro abriu. O saldo indicado era de trinta e dois milhões de dólares.

— Cara, é isso! — berrou Sérgio. — Veja quando a conta foi movimentada pela última vez. Precisamos ver se tudo bate com os registros da digitação que temos.

Marcelo anotou a data e os valores. A movimentação batia com o que tinham visto antes. Os números se encaixavam.

— Imprime tudo — ordenou Sérgio, sem perceber que Marcelo já tinha conectado a impressora e dado o comando de impressão.

— Vou sair da conta — informou Marcelo.

— Vamos avisar aos outros — disse Sérgio. — Acho que conseguiremos acessar os dois bancos, mas o mais importante é que temos como provar que o ministro tem uma fortuna escondida no exterior. E isto é só uma conta. Pode ter muito mais na outra.

Então Sérgio começou a digitar uma longa mensagem para os amigos, informando o que tinham descoberto e avisando que o cerco sobre o ministro estava se fechando.

Ao receber a mensagem, Paula respondeu imediatamente a todos: "Parabéns! Acho que estamos chegando lá".

A mensagem seguinte veio de Nelson: "Pessoal, lembrem que isso tudo foi obtido de forma não oficial. Teremos que entregar tudo ao Ministério Público e eles terão que verificar as mesmas coisas de forma legal. Caso contrário, o ministro ganhará qualquer ação num tribunal".

Ricardo mandou a última mensagem: "Vamos aguardar um pouco mais. Talvez a gente consiga entrar nessas contas e desviar o dinheiro, doando tudo para instituições honestas".

Marcelo respondeu às mensagens: "Certo, pessoal. Vamos aguardar um pouco mais".

* * *

Foi bom esperar. O panorama do esquema do ministro foi ficando completo. Ele atendia vários empresários, mas nunca discutia com eles sobre qualquer propina. No entanto, dias depois dos encontros ele trocava mensagens com os deputados que pertenciam ao seu círculo mais íntimo. Estes eram os que faziam o acordo com o empresariado. O ministro sempre saía ileso de todas as maracutaias. Era como se ele não soubesse de nada. Nenhum serviço sujo era comandado diretamente por ele. Ele puxava as cordas e suas marionetes agiam. As datas batiam rigorosamente. Cada entrada de dinheiro ou negociação podia ser associada a algum e-mail trocado com seus asseclas. Tudo sempre velado e com muito cuidado. Obviamente, não havia nada que comprovasse uma ligação direta e inconfundível entre um fato e outro. Mas era possível cruzar depósitos com a aprovação de alguma lei, uma licitação vencida ou algo similar.

Todos esses aspectos foram discutidos entre os amigos. Em um dos e-mails, Ricardo se lembrou de conversas que tivera com dona Rosa. Ela sempre falava: "Para bom entendedor, meia palavra basta". Nesse caso, era uma pena a justiça não funcionar com meias palavras, mas a união de todos os dados era realmente impactante.

Depois de Marcelo e Sérgio avisarem que o dossiê estava enorme, Nelson enviou um e-mail para todos: "Está na hora de entregarmos tudo?".

Todos votaram a favor, e um encontro foi marcado em São Paulo.

32. Os amigos V

Paula e Nelson se deslocaram para São Paulo. Os dois iriam ficar no apartamento de Ricardo. Combinaram de se encontrar na hora do almoço num restaurante na região da avenida Paulista.

Marcelo e Sérgio foram os últimos a chegar ao restaurante. Traziam uma grande pasta com as informações detalhadas que conseguiram coletar sobre o ministro. A pasta tinha sido preparada com cuidado. Marcelo e Sérgio se sentaram com os amigos, pediram um chope para eles também e entregaram a pasta, que passou a correr de mão em mão, ficando com Nelson por último.

— Nelson, quando você pretende entregar esse material para o Ministério Público? — perguntou Ricardo.

— O mais breve possível — respondeu Nelson. — Só preciso saber se você já conseguiu abrir uma conta no banco nacional do ministro.

— Sim — confirmou Ricardo. — Assim que vocês derem o ok, eu começo a fazer as transferências para as entidades que a Paula andou pesquisando.

Paula tinha selecionado uma série de entidades beneficentes e passado os números das contas bancárias delas para Ricardo.

Ricardo pegou aqueles dados e lembrou que faria as transações que fossem possíveis.

— Tudo vai depender do limite da conta do ministro — disse Ricardo. — Eu não sei se vou conseguir mudar isso. Talvez Marcelo e Sérgio possam me ajudar a mexer com possíveis limites de transferência.

—Marcelo está ficando expert nisto — disse Sérgio. — Daqui a pouco ele será nosso hacker oficial.

— Ok. Tem algo bom em relação às transferências — disse Marcelo. — O ministro não entra na conta sistematicamente. Ele deve usar cartão de crédito para tudo e tem tanto dinheiro que nem se preocupa como está o saldo. Isto vai ajudar a transferir o dinheiro, mesmo que a gente precise de mais tempo.

— Isso tudo vai ter que ser feito antes da Polícia Federal autuar o ministro — lembrou Nelson. — A partir desse ponto tudo estará bloqueado. Temos os nossos dois amigos lá na federal. Eles irão nos manter informados desde o momento que entregarmos a pasta até o instante em que for decretada pela justiça a apreensão do ministro ou o bloqueio das contas dele.

— Existe outro ponto — interrompeu Ricardo. — E se o ministro descobrir que o dinheiro está saindo da conta logo no início?

— Ele pode fazer várias coisas — disse Marcelo. — Ele pode contatar o banco e pedir para investigar o que está ocorrendo. Isso deve levar um ou dois dias, então vão descobrir a conta falsa aberta por Ricardo, impedindo novas transações entre elas. Ele não deverá envolver a polícia para descobrir como e de onde isso foi feito, pois ele não vai querer que tenham acesso às suas contas. Ele também pode contratar experts em computação para rastrear o que ocorreu. Isso pode ser mais perigoso, para nós é claro, pois tudo vai ocorrer por baixo dos panos.

Ricardo interveio.

— Podemos fazer saques das contas do exterior. Para evitar atitudes mais drásticas do ministro, teremos que tornar tudo de conhecimento público o mais breve possível. Quando isso poderá ser feito?

— Esse é outro treco complicado — disse Nelson. — Só podemos tornar isso público depois que a polícia e o Ministério Público estiverem atuando. Eles poderão conseguir muito mais coisas do que nós, e de forma oficial, o que permitirá um processo judicial sem escapatórias.

— Mas a desmoralização do ministro é o que a gente mais quer — disse Paula. — É claro que também tem o fato de distribuirmos o que ele roubou para a população que merece.

— Eu sei — disse Nelson. — Porém, se isto for vazado para a imprensa na hora errada o ministro terá dezenas de advogados para usar esse fato a favor dele e emperrar qualquer processo.

— E as contas dele no exterior? — perguntou Paula.

— Estamos trabalhando nisso — disse Sérgio. — Acho que conseguiremos transferir os valores da conta das Bahamas para aquela conta do exterior que usamos no caso do Aldemar.

— Por falar em Aldemar, onde foi parar aquele vigarista? — questionou Marcelo.

— A Simone ficou sabendo que ele está morando em Miami — disse Nelson. — Ela tem contato com os advogados do deputado, foram eles que fizeram todos os trâmites de separação dele. Nós tiramos um pouco de dinheiro dele, mas a mulher e filhos muito mais. De qualquer forma, ele ainda deveria ter muito dinheiro escondido. Tirou licença da Câmara e está levando uma vida confortável.

— É uma pena — lamentou Ricardo. — Esses caras ainda acabam se dando bem no final.

— Eu não sei o quanto isso é verdade — disse Marcelo. — Esses caras querem muito dinheiro para mostrar poder, que é o que fascina essa turma de pilantras. O dinheiro sem o poder de mandar e desmandar não dá tanto prazer para eles.

— Pode ser — disse Paula. — Mas o natural seria que caras como o Aldemar fossem presos, aí a mensagem ficaria clara para todos. Alguém que recebe o poder do povo tem que ser exemplar. O crime de roubar o sorvete de uma criança é diferente se o ladrão for um pobre esfomeado, ou se for um playboyzinho ricaço fazendo uma brincadeira.

— Nossa, esta é a socialista filósofa que ajudamos a criar — brincou Ricardo.

Todos riram e Sérgio lembrou que estava na hora de pedirem a comida.

Ao final da refeição, Ricardo perguntou se ainda tinha algum detalhe que pudesse estar sendo esquecido. Ninguém conseguiu lembrar qualquer fato que pudesse mudar os planos. Então, Ricardo disse para Nelson:

— Agora o negócio é com você.

— Pessoal, assim que eu chegar a Brasília vou marcar com os caras do Ministério Público e entregarei a pasta para eles. Ricardo, você fica de sobreaviso para transferir o dinheiro da conta nacional do ministro. Marcelo e Sérgio, vocês continuam vigiando as mensagens do ministro e preparem-se para transferir o que conseguirem da conta dele do exterior.

Teremos que estar sincronizados e não deixar de informar qualquer coisa que aconteça.

* * *

Dois dias depois todos receberam o mesmo e-mail de Nelson: "Pasta com o Ministério Público. A investigação vai começar".

33. O ministro

O ministro andava muito contente. Estava com um moral muito alto no partido. Tinha um enorme caixa dois para a próxima campanha, então começou a pensar se não seria caso de se lançar à presidência na próxima eleição. No momento, ele não era o candidato mais popular, porém o homem que estava na ponta das pesquisas também estava em suas mãos. A dúvida era o que seria melhor: assumir o maior posto ou comandar as coisas nos bastidores? Seus próprios correligionários não sabiam dessas dúvidas que passavam por sua cabeça. De qualquer forma, o clima estava bem leve.

Quando o deputado Carlos lhe telefonou, o ministro atendeu todo alegre.

— E aí, Carlos, o que é que manda?
— Precisamos falar com urgência — disse Carlos.
— Pode falar, meu caro.
— Não. Temos que nos encontrar o mais breve possível.
— Alguma coisa estranha aconteceu?
— Sim, mas temos que conversar pessoalmente.
— Certo, passe aqui no gabinete às seis da tarde. Nesse horário eu estarei livre.
— Ok. Vamos conversar mais tarde. Até.

* * *

Às seis da tarde a secretária do ministro anunciou que o deputado Carlos estava na sala de espera.

— Peça para ele entrar — disse o ministro.

Carlos entrou na sala e eles se cumprimentaram. O deputado se sentou na cadeira em frente à mesa do ministro.

— E então, Carlos? Qual é a preocupação?

— Fui procurado por um agente da Polícia Federal que eu conheço. O nome dele é Saulo. Ele ficou sabendo que estão iniciando uma investigação a seu respeito.

— Como? — disse o ministro, espantado. — Que diabos é isso?

— Eu não sei, mas o cara obviamente sabe de alguma coisa e me contou só o básico. Acho que ele espera um agrado para contar mais do que sabe. Parece que é algo sério.

— Carlos, chama esse cara aqui. Diga para vir imediatamente. Não quero saber de brincadeiras. Eu mesmo vou cuidar disso.

O deputado ligou para Saulo ali mesmo e pediu para que ele comparecesse o mais rápido possível ao gabinete do ministro.

Meia hora depois, Saulo já estava com os dois. Ao vê-lo, o ministro achou que ele tinha cara de um lambe-botas, o jeito de alguém que gostaria de levar vantagem com qualquer informação que possuísse. Mas o ministro era um macaco velho, sabia cheirar malandragem de longe.

— E aí, rapaz? O que você tem para mim? — perguntou o ministro, direto.

— Sabe, senhor ministro, eu ouvi falar alguma coisa a seu respeito, mas o senhor sabe como é. Eu não posso falar nada que arrisque meu emprego, pois tudo isso é confidencial.

— Sei muito bem, Saulo, mas você não está conversando com qualquer um. Se tiver alguma informação importante, você certamente será recompensado. Tem algum cargo que você queira?

— Não, senhor. Mas até que eu poderia ter uma ajuda, porque estou passando um momento difícil...

— Rapaz, vamos direto ao ponto. Diga quanto você quer.

— Eu não sei, senhor. Não tenho muita informação, mas pelo pouco que sei, talvez uns cem mil. Isto seria algo razoável.

O deputado Carlos interveio:

— Pode falar, Saulo. Dependendo da história que você contar, você pode até ganhar mais do que isso. Mas se for uma besteira, você só vai levar um pé no traseiro.

— É o seguinte — começou Saulo. — O Ministério Público recebeu uma pasta com um monte de informações a seu respeito. Eu sei que se trata de contas no exterior e dinheiro recebido de empresários. Cópias da papelada já estão com a Polícia Federal, e o Ministério Público está pensando em entrar com um pedido no Supremo Tribunal Federal para investigar o senhor. Parece que alguém preparou um dossiê completo sobre suas atividades, e agora só precisam da autorização de um juiz do STF para a coisa ficar oficial.

— Isso é tudo? O que mais você sabe? — perguntou o ministro.

— Não sei mais nada, pois eu estou fora do grupo da polícia responsável pela investigação. Foi formado um grupo de investigadores muito fechado. Eles estão em contato apenas com uma pessoa da chefia da Polícia Federal e uma do Ministério Público, e estes estão em contato com apenas um juiz do Supremo. É tudo muito confidencial, mas parece ser coisa grande.

— Carlos, você vai checar de todas as formas o que está ocorrendo — disse o ministro. — Não se esqueça de nada nem de ninguém. Eu posso tentar acessar um juiz do Supremo e talvez descubra algo. Quanto a você, Saulo, nós poderemos lhe dar o que está querendo, desde que você passe toda a informação que conseguir sobre essa investigação. Você pode ir, mas fique em contato com o deputado Carlos.

— Obrigado, ministro. Eu informarei sobre tudo o que souber.

— Carlos, fique atrás desse rapaz — disse o ministro, depois que Saulo saiu do gabinete. — Veja tudo o que ele consegue de informações e garanta que ele seja beneficiado se nos informar de tudo. Pode começar a fuçar por aí.

Eles se despediram e Carlos foi embora.

* * *

O ministro foi embora ansioso do seu gabinete. Partiu direto para casa. Ao chegar, telefonou para o juiz do Supremo Tribunal Federal que conhecia.

— Olá, juiz, como vai? Como vai sua esposa?

— Estamos bem, ministro. Você deu sorte de nos pegar aqui hoje, pois sairemos de férias amanhã.

— Que bom. Para onde vão?

— Vamos passar duas semanas na Europa. A Sônia já estava pedindo por isso fazia muito tempo.

— Muito bom. Aproveitem bastante. Estou telefonando pelo seguinte: fui informado de que tem um juiz do STF que recebeu uma solicitação para me investigar. Tem alguma coisa desse tipo acontecendo por aí?

— Veja que eu não posso me envolver nisso — alertou o juiz. — Mas talvez esteja acontecendo algo nesse sentido, sim.

Poucas pessoas devem estar sabendo disso, pois sei de alguns detalhes, no nível da fofoca. Se essa provável investigação estiver ocorrendo mesmo, ela está nas mãos daquele meu desafeto do Tribunal. Eu até fico contente em tirar férias, para não ver aquele camarada por algum tempo.

— Você poderia dar mais alguma informação? — insistiu o ministro.

— Não tem mais nada que eu saiba. Além do mais, como eu estou saindo de férias, será difícil obter mais informações sobre isso.

— Tudo bem, meu caro, pelo menos parece que algo está mesmo rolando.

"O fato do juiz não querer se envolver com aquele caso era um mau sinal", pensou o ministro.

— Infelizmente, isso é tudo o que eu sei — concluiu o juiz. — Espero que alguém consiga lhe dar mais informações.

— Obrigado. Abraços à Sônia e uma boa viagem.

O ministro ligou para o deputado Carlos logo a seguir.

— Carlos, eu tenho a impressão de que algo muito sério realmente está acontecendo. Precisamos saber tudo o que esses caras conseguiram contra mim. Se possível, poderíamos até tentar sumir com esse processo ou com algum investigador muito chato. Você entendeu? Pode pagar o tal de Saulo e diga a ele que pagaremos mais se ele conseguir novas informações. Eu quero saber tudo que está nesse tal processo. Vou ter uma conversa com o diretor da Polícia Federal amanhã.

Carlos percebeu a preocupação do ministro. Ele já tinha visto o chefe em ação e desconfiava que, quando o ministro queria que algo ou alguém desaparecesse, isso realmente ocorria. Mas se havia mesmo um processo rolando, Carlos também poderia ter problemas. Então ele teria que agir com muito cuidado, para que nada respingasse nele.

* * *

No dia seguinte, Nelson recebeu um telefonema de um de seus amigos da Polícia Federal.

— Nelson, a informação sobre a investigação vazou — disse o policial. — O ministro está correndo atrás de todo mundo para saber o que está acontecendo. O lado bom é que o juiz do STF que está com o processo deve pronunciar um resultado entre amanhã ou depois. É possível que ele autorize a apreensão do computador do ministro e a quebra dos sigilos bancário e telefônico.

— Obrigado pelo aviso. Você acha que algum de nós está correndo perigo pela elaboração do dossiê? — perguntou Nelson.

— Não, eu creio que existe certo nível de segurança no processo. Confio na maior parte do pessoal que está trabalhando na investigação. No máximo, o que circulou é que existe uma investigação. Fora isso, não há perigo. Além do mais, tudo está sendo feito como se fosse uma descoberta da própria Polícia Federal, e não que a denúncia tenha sido feita por alguém ou um grupo de pessoas de fora. O ministro não vai encontrar respaldo na polícia ou no juiz, mas poderá contratar pessoas de fora do governo para investigar o que está acontecendo. Isto é difícil de saber. A vantagem é que ele terá muito pouco tempo para conseguir algo e poderá ser intimado em breve, se tudo correr bem.

— Perfeito. Vou comunicar os meus colegas e vamos aguardar mais notícias.

Nelson enviou um e-mail para todos os amigos: "A notícia da investigação vazou. Não fiquem preocupados, mas precisamos agir rápido com relação às contas: Ricardo, comece a transferir o dinheiro. Marcelo e Sérgio, transfiram tudo o que conseguirem da conta das Bahamas para a nossa conta no exterior. O ministro deverá ser intimado ou mesmo preso em breve. Abraços".

No instante seguinte Ricardo pegou seu laptop e começou a transferir o dinheiro da conta do ministro para a conta com nome falso que ele tinha aberto no mesmo banco. Sérgio decidiu que era melhor Marcelo ficar encarregado de mexer na conta das Bahamas. Avisou que ao final da tarde iria para São Paulo e o ajudaria com o trabalho, então fariam o maior esforço possível para transferir o dinheiro, nem que tivessem que passar a noite em claro.

Marcelo e Sérgio de fato vararam a madrugada, mas no dia seguinte enviaram um e-mail para todos: "Transferimos em torno de quinze milhões de dólares para a nossa conta no exterior. Tem algo mais: conseguimos o extrato da movimentação da conta nos últimos dois anos".

Os amigos os parabenizaram e Nelson adicionou no seu e-mail a mensagem para distribuírem o dinheiro o mais breve possível. Também pediu para o pessoal de São Paulo enviar os extratos bancários que eles tinham conseguido. O documento seria enviado para o seu contato dentro da Polícia Federal.

Marcelo e Sérgio dividiram o trabalho e conseguiram transferir a maior parte do dinheiro para as contas bancárias das entidades beneficentes que Paula tinha selecionado. Deixaram apenas quinhentos mil na conta deles para possíveis despesas futuras.

Ricardo não teve tanta sorte e seu processo foi mais demorado. Teve que transferir quantias menores para a conta falsa, e dela mandava o dinheiro para as entidades. De qualquer forma, até o ministro descobrir a saída da grana, Ricardo continuaria em sua missão. A ideia era que a conta fosse zerada e nunca mais utilizada. O indivíduo de quem usaram os documentos para abrir a conta teria aproximadamente a mesma idade de Ricardo, mas não havia como ligar um ao outro. A menos que o banco tivesse uma câmara interna, que pudesse ter registrado a face de Ricardo no dia que ele abriu a conta. Mesmo assim, ele tinha se certificado que esse não era o caso.

* * *

Passaram-se mais três dias. Marcelo e Sérgio conseguiram distribuir todo o dinheiro do exterior. Nesse meio tempo, Ricardo continuou a fazer as transferências.

Em Brasília, Saulo deu novas informações para o deputado Carlos, que telefonou imediatamente para o ministro.

Quando o ministro atendeu, Carlos foi direto ao ponto.

— O juiz do STF autorizou a investigação e você está na iminência de ser preso. Foi o Saulo quem me avisou, mas até a Polícia Federal chegar para te pegar vai demorar um pouco, e é bom ir sumindo com tudo.

— Mas que filhos da puta — disse o ministro. — Essa foi uma decisão totalmente incomum. Eu não poderia ter sido atingido por isto. Vou ligar agora para o meu advogado. Até mais, Carlos. Ah, pode pagar o tal de Saulo.

O ministro cancelou toda a sua agenda e passou o resto do dia conversando com advogados. Isso deu tempo para Ricardo ir subtraindo a conta do ministro ainda mais.

A conversa com os advogados entrou noite adentro. A verdade é que eles não tinham ideia do que aconteceria e passaram a formular hipóteses sobre as possíveis ações. Os próprios advogados não acreditavam que ocorreria algo muito drástico, principalmente pela salvaguarda do cargo de ministro. No entanto, um deles ressaltou que uma exceção poderia ser aberta caso houvesse alguma prova muito forte de um delito.

    O ministro disse que esse não era o caso. Sua conduta era exemplar, e não havia nada que o desabonasse. Eles resolveram aguardar e, conforme soubessem o que o juiz havia decidido, então iriam atuar. O ministro não dormiu aquela noite.

    Acordou no meio da madrugada e a primeira coisa que fez foi abrir seu laptop e olhar suas contas. O primeiro susto que tomou foi quando viu que tinham limpado uma boa quantia da sua conta brasileira. Ficou desesperado e entrou na conta bancária das Bahamas. O susto foi ainda maior. Ele estava paralisado olhando a tela quando a campainha tocou. Era a Polícia Federal. A ordem de prisão tinha sido concedida.

34. O noticiário

O laptop do ministro foi confiscado pela polícia. O ministro ficou sabendo que seu sigilo bancário e telefônico também seria quebrado. Foi feita uma revista completa pela casa. Vários documentos foram apreendidos. Por sorte, pouca coisa podia incriminá-lo. Os documentos mais incriminadores e uma boa quantia de dinheiro vivo estavam fora de Brasília, em um apartamento no nome da esposa do deputado Carlos. A polícia não devia ter ideia disso. Infelizmente, o laptop continha muita informação incriminadora, mas os advogados conseguiriam deturpar o conteúdo que estava ali. Ele só não entendia o que tinha ocorrido com o dinheiro.

A polícia demorou horas na casa do ministro. Do lado de fora havia um burburinho imenso de repórteres, todos aguardando notícias. O deputado Carlos chegou ao local o mais breve possível, junto a um dos advogados. Os advogados do ministro já tinham conseguido uma liminar para que o cliente deles não fosse preso. Quando a polícia saiu, os repórteres pediram uma entrevista com o ministro, que mandou informar que faria um pronunciamento um pouco mais tarde.

Reunidos, o ministro, o advogado e o deputado Carlos começaram a discutir o que poderia ser feito a partir daquele momento. O advogado declarou que sem conhecer as informações que levaram o juiz do STF a permitir aquela operação, seria difícil tomar alguma atitude. Ele iria fazer de tudo para saber o que o Ministério Público tinha em mãos, então perguntou ao ministro se entre as coisas que a polícia retirou da casa havia algo muito comprometedor.

— Talvez alguns e-mails e arquivos do computador — disse o ministro.

O importante escritório de advocacia que defenderia o ministro não tinha mandado seu primeiro escalão, mas um advogado um tanto novo, mas suficientemente esperto para perceber que alguns desses e-mails poderiam complicar a situação do acusado.

— Ok — disse o advogado. — Acho que o senhor pode sair e informar aos repórteres que ainda não conhece os motivos dessa busca e apreensão, mas enfatize que não deve nada a ninguém e no momento que receber mais informações sobre o processo irá mostrar a sua lisura no trato da coisa pública. Talvez seja bom também reafirmar que tudo isso é um engano e que não existe nada que o desabone. De qualquer maneira, tome cuidado, pois se o STF autorizou essa operação, deve haver um motivo muito forte por trás.

O ministro e o advogado saíram. Para os repórteres, o ministro declarou que devia estar ocorrendo um engano, provavelmente devido a alguma delação caluniosa, que ele não tinha nada a esconder e seus advogados iriam se inteirar sobre a origem de tal procedimento. Dito isto, o advogado se retirou e o ministro retornou para a casa.

Ao entrar, ele chamou Carlos.

— Minhas contas foram invadidas! — gritou o ministro, desesperado. — Uma grande soma desapareceu.

— Ministro, isso não deve ser coisa da polícia. Alguém teve acesso à sua conta!

— Eu nem faço ideia como. Vou verificar o que resta nelas e transferir para algum outro local. Quero que você ache para mim o melhor especialista em informática para descobrir o que aconteceu. Eu também vou entrar em contato com os bancos, mas sei que cairei em uma enorme burocracia, e você sabe que eles não gostam de estar envolvidos em noticiário.

— Isso é o pior, ministro — disse Carlos. — Temos que tentar controlar o noticiário. Qualquer coisa que cair na boca do povo vai abalar o partido e, principalmente, nós.

* * *

Nelson vinha recebendo informações de seus amigos da Polícia Federal. Sabia que o ministro estava trabalhando para estancar qualquer tentativa do Ministério Público e da polícia que pudessem abalar a sua posição. O danado gozava de foro privilegiado e aquilo poderia fazer com que escapasse ileso das suas pilantragens. Talvez agora estivesse na hora de vazar para a mídia algumas das coisas que os amigos sabiam. Isso poderia causar a deposição do ministro. Essa hipótese também não era certeira, já que o ministro poderia ter até o presidente em suas mãos, tamanho o poder dele em Brasília.

Nelson resolveu discutir o assunto com os amigos. Fez um e-mail longo relatando a situação e informou que, se vazassem parte ou muito do que sabiam, poderiam desestabilizar o ministro. Ele seria deposto e julgado pela justiça comum. O problema dessa atitude era o fato de o vazamento poder ser atribuído a setores da polícia ou do Ministério Público, desmoralizando-os também. E essa circunstância poderia ser utilizada pelos advogados do ministro para detonar todo o procedimento contra ele. Qual era a opinião deles?

Paula foi a primeira a responder: "Acho que devemos entregar tudo. Se dermos sorte, a gente já queima esse pilantra de uma vez".

Marcelo também foi favorável. Ele lembrou que o programa que haviam instalado no laptop do ministro poderia ser descoberto pela polícia.

"Não se preocupe", respondeu Nelson imediatamente. "Quando eu entreguei a pasta, eu tive que apresentar os nossos nomes. Ficou acordado o sigilo da nossa delação e isso foi de conhecimento até do juiz do STF. Meus colegas me garantiram que essas informações não serão vazadas."

Um e-mail de Ricardo chegou logo em seguida para todos. "Espero", escreveu ele, "que isto realmente ocorra. Acho que devemos entregar as informações da pasta para a imprensa. Se escolhermos bem para quem isso vai ser entregue, o assunto terá bastante repercussão. E se o órgão de mídia for pressionado sobre quem vazou a informação, ele poderá declarar que não saiu nem da polícia, nem do Ministério Público. Acho até que isso já poderia constar no início da reportagem, indicando que é um grupo de pessoas interessadas em limpar o país".

"Eu já acho que isso é sonhar demais, mas devo dizer que vale a pena tentar", respondeu Sérgio.

"Talvez o Ricardo possa trabalhar com isso em São Paulo", escreveu Nelson. "Você tem contato com algum jornalista influente aí?"

"Pode deixar comigo", respondeu Ricardo. "Hoje mesmo vou telefonar para um conhecido. Mandarei notícias assim que falar com o jornalista. Tem outro fator que pode nos ajudar: se tudo aparecer na mídia, pode ser que o ministro seja exonerado, se demita, ou até apresse a prisão do danado. Isso vai complicar a vida dele, e provavelmente ele terá menos tempo para pensar em descobrir quem aprontou para ele. Ou seja, será mais difícil de nos encontrar. Lembrem que devemos ter um pouco de medo, pois esse homem é capaz de tudo. Em resumo, aguardem um tempo que eu vou contatar o jornalista que vai soltar a notícia. Avisarei quando estiver feito."

* * *

Ricardo trabalhou duro com seu colega jornalista. Foram quatro dias para convencer o jornal a publicar uma pequena parte do dossiê apresentado. Isso só foi possível porque o jornal tinha um correspondente em Brasília, que conseguiu assegurar que oas informações eram mesmo verdadeiras. A Polícia Federal e o Ministério Público definitivamente tinham algo contra o ministro.

A reportagem foi a capa do jornal. As repercussões foram imediatas. Os advogados do ministro reagiram e disseram que iriam processar o jornal por informações caluniosas, mas sem alardear entraram com um processo contra o Ministério Público alegando vazamento de informações sigilosas. Isso garantiu ao jornal que o dossiê era verdadeiro e que estavam no caminho certo. Na edição seguinte, um conjunto maior de informações estampou a primeira página novamente.

Seria difícil acreditar que o ministro se sustentaria depois disso.

35. Os amigos VI

Os eventos foram se desenrolando. A situação do ministro se tornava insustentável. As contas no exterior e os depósitos nelas demonstravam serem mais do que coincidência algumas participações em licitações e projetos de lei. As suspeitas foram reforçadas por e-mails trocados pelos deputados que apoiavam o ministro na negociação com diferentes empresários. Os computadores de vários parlamentares e empresários foram confiscados, e o dossiê que havia sido entregue inicialmente desencadeou uma avalanche de operações contra praticantes corruptos.

Não havia nenhuma prova direta do ministro negociando com empresários, porém a polícia descobriu uma sincronia impressionante de mensagens trocadas entre deputados e empresários, com e-mails que depois eram trocados entre os deputados e o ministro.

O ministro sabia que não iria ficar livre da prisão e se preparava para fugir do país antes de ter seu passaporte confiscado. O especialista em informática contratado pelo deputado Carlos descobriu o destino do dinheiro de todas as contas. O dinheiro da conta existente no Brasil tinha ido parar em outra conta do mesmo banco, e desta para várias instituições beneficentes. Na conta do exterior também ocorreu uma transferência grande, porém ele não conseguiu determinar o destino final de toda a quantia. A única forma de terem feito aquilo era com a senha da conta. O ministro não entendeu como aquilo poderia ter ocorrido, mas a preocupação em fugir era a maior de todas naquele momento.

* * *

Alguns dias depois, Nelson ficou sabendo em primeira mão que o ministro tinha fugido do país. Quando mandou mensagem para os amigos, as respostas foram todas de frustração. A resposta de Paula definia bem o sentimento do grupo: "Queria ver esse cara atrás das grades!".

No dia seguinte a notícia da primeira página dos jornais era a fuga do ministro. Porém, o processo para que ele fosse procurado pela Interpol já tinha sido iniciado. Quase todo o noticiário informava que, apesar da fuga, a investigação continuava e se alastrava.

Os dias passaram e agora o problema estava nas mãos da Justiça. Os e-mails e mensagens trocadas pelo grupo já não eram tão constantes. Eles tinham escapado ilesos. Josias estava em alguma praia do Nordeste. Ele e Nelson tinham se telefonado, e Nelson ficou sabendo que ele tinha se aposentado e levado Cidinha junto. Simone estava tranquila. Afinal de contas, tudo tinha saído direito, e a vida voltara ao normal.

Marcelo voltou a correr atrás da mulherada, apesar de semana sim, semana não ir para a cidade de Sérgio. Ele e a esposa estavam achando que Marcelo realmente tinha ficado interessado na garota que tinham apresentado.

Paula enviou um e-mail para todos dizendo que havia contado tudo para Sueli, inclusive as partes que eles omitiram anteriormente. Sueli tinha ficado possessa, mas depois disse que se orgulhava da filha. "Minha filha é 'cabra da peste'", disse a mãe.

Dias depois Paula mandou um novo e-mail para os amigos: "Vocês viram os últimos comentários sobre o senador Tarciso? Este é outro que deve estar envolvido com propina!".

Ricardo, que andava ausente nos e-mails, enviou uma resposta curta: "Menos Paula, vai devagar... Estou com muito trabalho. Abraços a todos".

* * *

Duas semanas se passaram quando todos receberam um novo e-mail de Paula: "Estou indo para São Paulo no fim de semana que vem. Vocês não gostariam de se reunir por lá? Podemos marcar um almoço, uma janta, ou sei lá o quê...".

Ricardo, Marcelo e Sérgio responderam que topavam o encontro. Ricardo disse que seria uma boa oportunidade para festejarem tudo que tinham conseguido fazer. Nelson avisou que tinha conversado com Simone e eles também iriam.

Combinaram que os que vinham de fora se hospedariam no mesmo hotel, então marcaram o primeiro almoço em um restaurante no Brás. Seria um reencontro dos ex-moradores da casa da rua Comendador Aprile.

No sábado do almoço todos se encontraram em uma cantina não muito longe da antiga casa de dona Rosa. Talvez Sueli fosse a mais emocionada com o encontro. Tinham se passado muitos anos desde que ela deixara São Paulo. Ela não usava mais as roupas extravagantes com que saía para a noite, e agora era uma senhora mais discreta, tinha até alguns fios de cabelo branco. Paula estava deslumbrante, como sempre, e contente por trazer a mãe para reviver um pouco daquela cidade que tinha sido tão dura com ela. Todos estavam contentes.

Ricardo propôs um brinde por tudo que tinham feito e talvez pela possível prisão do ministro em algum momento. Sueli propôs um brinde pela memória de dona Rosa. Marcelo brincou sobre os três Ms que dona Rosa falava e disse que iria mudar sua vida, pois na próxima semana iria até a casa de Sérgio conversar direito com a mulher que ele e Luísa tinham lhe apresentado. Enquanto isso, a conversa se alongava entre taças de vinho, massas saborosas e frango.

Em um dado momento, Paula propôs um novo brinde.

— Ao futuro de um senador pilantra!

Nelson se assustou.

— Menina, o que você quer dizer com isso? Não quer entrar em outra loucura, quer?

— Vocês não viram uma notícia no jornal sobre aquele senador que fala que nem um papagaio? O que vive passeando com um jatinho particular? Parece que ele está envolvido em um monte de maracutaias — disse Paula.

— Na verdade, não seria uma má ideia vasculhar a vida desse cara — disse Ricardo. — Tudo tem dado tão certo... — E com um sorriso maroto no rosto, comentou que havia sonhado com dona Rosa: — No sonho, ela veio até mim e falou: "*Screw the senator!*".

— Mas ela não falava inglês — disse Marcelo.

— Oras, onde ela está, acho que todos falam todas as línguas.

— Debaixo da terra, ela só poderia estar falando: "*Vaffanculo, senatore!*" — brincou Sérgio.

— Pensando bem — interveio Nelson —, eu até acho que o senador tem uns podres que podem ser vasculhados...

— Vocês estão todos doidos — disse Simone.

Sueli e Luísa berraram ao mesmo tempo:

— Concordamos!

E todos riram.

— Tudo bem — disse Paula. — Mas quando começamos?

FIM

Esta obra foi composta em Utopia Std pt e impressa em
papel Pólen 80 g/m² pela gráfica Meta.